HERRAD SCHENK AM ENDE

Herrad Schenk

Am Ende

Roman

Kiepenheuer & Witsch

Umschlaggestaltung: Kalle Giese, Overath
Umschlagmotiv: Claude Monet
Satz: Fotosatz Froitzheim, Bonn
Druck und Bindearbeiten: Bercker Graphischer Betrieb, Kevelaer
ISBN 3-462-02327-6

Drei Menschen waren mir sehr nah,
während ich dieses Buch schrieb:

Hans Paeschke (1911–1991)
Anneliese Hünke (1913–1991)
Hertha Schenk (1908–1992)

Es ist ihrem Gedenken gewidmet.

I.

Sie war wieder hier. Ich zittere noch am ganzen Leib, fühle mich wacklig auf den Beinen und hundert Jahre älter. Mir dröhnt der Kopf vom Trommelwirbel ihrer Monologe, obwohl ich eine Beruhigungstablette genommen hatte, gleich als sie anrief, um ihren Besuch anzukündigen.
Paul hat es gut, denn er scheint von ihrer Anwesenheit nicht viel wahrgenommen zu haben.
»Wieso liegt er im Bett?« fragt sie mißtrauisch und zerrt an seinem Plumeau, was er nicht ausstehen kann. »Warum ist er nicht angezogen? Geht es ihm schlechter?«
Diese inquisitorische Stimme! Ich mime Schwerhörigkeit: »Wie? Was meinst du?«
Aber ihr forschender Blick sucht schon weiter, ist schon längst drüben bei meinem zerwühlten Bett, als würde sie ganz richtig vermuten, daß ich bei ihrem Anruf noch nicht aufgestanden war. Wie hätte ich denn in dieser kurzen Zeit mich selbst, Paul und die Wohnung herrichten sollen? Ich mußte mich auf das Wesentliche beschränken.
»Mein Gott!« ruft sie aus. »Wann habt ihr bloß die Bettwäsche zum letzten Mal gewechselt?« Ich weiß es nicht, ich weiß es wirklich nicht, und schon ist sie zum Wäscheschrank gefegt, während ich mich vorsichtig in die Küche davonstehle, die sie als nächstes vornehmen wird.
Ob es einen besseren Eindruck macht, wenn das gebrauchte Geschirr im Ausguß gestapelt ist? Ich stopfe hastig ein paar Gegenstände, die auf dem Küchentisch herumliegen, in den Wandschrank, in die Speisekammer, aber die sind so voll,

daß mir die Hälfte gleich wieder entgegenfällt, und dabei ärgere ich mich über mich selbst. Was tue ich da? Warum lasse ich mich so von ihr unter Druck setzen? Drüben im Zimmer höre ich sie mit einer weichen Kleinmädchenstimme auf ihn einreden: »Möchtest du nicht aufstehen, Papa? Und wenn heute ich dir beim Anziehen helfe? Fühlst du dich nicht wohl, Papa? Sag doch was, wenigstens mal lächeln!« Ich weiß genau, wie Paul dieses kindische Getue haßt. Falls er es mitbekommt, wird es ihn ärgern. »Sprich bitte mit mir wie mit einem erwachsenen Menschen, Ines«, würde er sagen. Ich weiß, daß er es ganz und gar nicht mag, wie sie an seinem Bett und seinem Schlafanzug herumhantiert. Aber was kann ich dagegen tun?

»Mein Gott! Wie es hier wieder aussieht!« Da steht sie schon in der Küchentür. Ich bin erschöpft, ich muß mich setzen. Am meisten ärgert mich, daß ich neuerdings Angst vor ihr habe. Früher hätte ich mir ihre Einmischung verbeten.

»Wann war denn Frau Feigel zuletzt hier?«

»Vorgestern. Wir lassen jetzt alles für sie stehen. Sie spült dann alles zusammen.«

»Und das?« fragt Ines mit spitz gerecktem Finger. »Und das? Was soll das hier?« Ich wußte, daß sie über meine Blumenkästen und Minitreibhäuser meckern würde.

»Tulpenzwiebeln«, sage ich störrisch, »und Narzissen und kleine Perlhyazinthen. Und das sind meine Aussaaten.«

»Du kannst das Zeug doch nicht einfach so in der Küche verteilen! Überall Erdschweinereien. Man kann ja kaum einen Fuß vor den anderen setzen. Du könntest darüber fallen.«

»Sie brauchen Licht.« Heute lasse ich mich nicht auf eine Diskussion ein, wie das letzte Mal, als sie alle Kästen und Schalen auf den Balkon tragen wollte – bei dieser Kälte.

Sie müßte doch wissen, daß die Sämlinge einen Schock bekommen, sie hat doch selber einen Garten. Falls man dieses abgezirkelte kahlrasierte Rasenstück als Garten bezeichnen kann.
Vielleicht fürchtet sie sich vor einer Wiederholung der Szene vom letzten Mal. Jedenfalls wechselt sie das Thema: »Habt ihr heute schon etwas Warmes gegessen?«
»Hm.«
»Heißt das ja oder nein?«
»Nein – oder doch, wart mal: eine Suppe.«
Das war allerdings in der vergangenen Nacht, irgendeine Tütensuppe, schon gegen Morgen, als wir nicht schlafen konnten. Man kann es mit einigermaßen gutem Gewissen für diesen Tag anrechnen. Sie betrachtet mißtrauisch die tiefen Teller im Spülbecken, die ich zum Beweis anführe. »Eine Suppe, so. Das soll doch nicht das ganze Mittagessen sein?«
Es ärgert mich, daß mein ausgestreckter Arm in der Luft zittert. Ich bin ein bißchen schwindlig, weil vorhin alles so schnell gehen mußte.
»Ich weiß nicht, ob ich es noch schaffe, etwas zu kochen, bevor ich wieder wegmuß. Ich habe nur eine Stunde Zeit, und erst einmal will ich diesen Schweinestall aufräumen.« Sie läuft hin und her, dies und das in der Hand, wobei sie verdrossen vor sich hin murmelt, gerade noch laut genug, daß ich Worte wie »unglaublich«, »verkommen«, »ekelhaft« heraushöre. Es hat keinen Sinn, ihr meine Hilfe anzubieten; sie bedeutet mir mit jedem ihrer wütenden Schritte, daß ich ihr im Weg bin. Ich habe auch keine Kraft mehr, sie darauf hinzuweisen, daß ihre gewiß gutgemeinten Aufräumaktionen jedesmal bewirken, daß ich mich tagelang in meiner eigenen Küche nicht zurechtfinde. Es ist doch durchaus sinnvoll, die Dinge, die man immer wieder braucht, auf dem Küchentisch stehen zu lassen. Sonst werde ich später dafür beschimpft, daß angebrochene Lebensmittelpackungen, von denen ich

gar nichts mehr wußte, irgendwo im Schrank verderben. Ich kann doch nicht jedesmal, wenn ich etwas suche, auf einen Stuhl klettern. Doch Hauptsache, sie vergreift sich nicht an meinen Sämlingen.

So verziehe ich mich also ins Wohnzimmer, zu Paul, der in seinem Lehnstuhl am Fenster sitzt, und versuche einen stummen Dialog mit ihm. Heute ist er kaum ansprechbar. Nicht einmal seine Augen bedeuten mir: Nicht traurig sein, Elli! Gleich geht sie, dann sind wir beiden wieder allein.

Aber wie sie mit dem Geschirr klappert, Paul, ein einziger Vorwurf, wie sie die Schranktüren knallt und dazwischen immer wieder das Gemeckere, über den verklebten Kühlschrank, den Gestank in der Speisekammer, die ungeputzten Fenster, die Erde auf dem Küchenfußboden. Natürlich geht schon mal ein bißchen daneben, wenn ich gieße. Laß doch, Elli, ärgere dich nicht, du weißt doch, so ist Ines nun mal.

Sie macht mich so müde mit ihrer Geschäftigkeit. Ich muß ein bißchen eingenickt sein, jedenfalls werde ich davon wach, daß sie neben mir mit den Autoschlüsseln klimpert. Gehorsam öffne ich die Augen.

»Ich muß dringend weg.«

»Vielen Dank für deinen Besuch«, sage ich höflich.

»Wenn ich das nächste Mal komme, Elli, müssen wir etwas unternehmen. So kann es nicht weitergehen.« Mir bricht der Angstschweiß aus. Es hat nichts Gutes zu bedeuten, wenn sie mich beim Namen nennt.

»Ich werde mit Papas Arzt reden und mit der Frau von der Caritas.«

»Wie du meinst.« Es klingt so gefügig. Geh endlich, hau ab, du! »Komm gut nach Hause«, sage ich statt dessen, »und grüße Herbert und die Kinder.«

Ich warte noch eine Weile, nachdem die Tür ins Schloß gefallen ist. Sie könnte ja noch einmal zurückkommen, weil sie etwas vergessen hat. Dann humpele ich zum Fenster und beobachte durch die Gardine, wie sie in ihr rotes Auto steigt, wie sie anfährt. Und dann schlurfe ich aufatmend durch die Wohnung.

»Jetzt tut uns ein Schlückchen gut, stimmt's, Paul?«

Das Versteck mit dem Kirschwasser im Kleiderschrank hat sie zum Glück noch nicht entdeckt. Leider bin ich so zittrig, daß beim Eingießen die Hälfte von dem guten Tropfen danebengeht. Ich nehme deswegen lieber ein breiteres Glas, für Paul und mich zusammen.

»Das war genug Aufregung für heute«, sage ich zu Paul, der jetzt, wie mir scheint, lächelt. Einen Schnaps will er aber nicht. »Ich leg' mich erst mal wieder ins Bett, um warm zu werden. Und du?«

Sie hat ihm die braune Strickjacke über den Schlafanzug gezogen und ihn mit der Decke über den Knien in seinen Stuhl am Fenster verfrachtet. »Du willst dort bleiben? Dann kannst du mir ja später erzählen, was draußen auf der Straße passiert.«

Gott sei Dank, daß es wieder vorüber ist. Jetzt wird sie uns erst einmal für zwei, drei Wochen wieder in Ruhe lassen.

II.

Es ist wirklich nicht ganz einfach, sich an meinen Frühbeeten vorbei durch die Küche zum Klo zu schlängeln. Aber Pauls Stuhl mit der Bettpfanne steht ohnehin im Schlafzimmer, und irgendwo müssen die Pflänzchen doch bleiben, bis sie gefahrlos ins Freie hinaus dürfen. Bald ist es soweit. Ich hoffe, daß ich sie noch allein auf den Balkon schaffen kann. Sonst muß Frau Feigel mir helfen. Dann wird sich als nächstes herausstellen, daß auch da draußen zu wenig Platz ist für all meine Kulturen.

Dafür habt ihr einen großen Balkon dort, sagte Ines damals. Einen großen Balkon! Daß ich nicht lache. Im Frühjahr tut es mir besonders weh, daß wir unser Haus mit dem Garten verlassen mußten.

»Erinnerst du dich an unser Haus im Frühling, Paul?«

Natürlich erinnert er sich, obwohl er keine Reaktion zeigt. Er mag es nicht, wenn ich zu oft davon rede. Wer weiß, ob die Erinnerung ihn nicht noch mehr schmerzt als mich.

Hör auf mit den Reminiszenzen, pflegte er zu sagen, als er noch mit mir sprach, was hin ist, ist hin und kommt dadurch nicht wieder. Und dann redete er von den Flüchtlingen aus Osteuropa, die auch keine Häuser haben, nicht einmal eine anständige Bleibe wie wir, und den vielen Menschen in Afrika und Asien, denen es an allem mangelt. Das ist Paul: immer die ganze Welt vor Augen. Denk nicht so oft an das Haus, Elli, es macht dich nur unglücklich!

Dabei ist es, ganz im Gegenteil, eine der wenigen Beschäftigungen, die mich noch glücklich machen, und was gäbe ich

darum, wenn wir diesen Erinnerungen gemeinsam nachhängen könnten. Komm mit, Paul, in Gedanken wenigstens – in Wirklichkeit würde ich es wohl auch nicht ertragen –, die Dorfstraße hinunter bis zur Kirche, und dann bei der Linde um die Ecke gebogen, mit angehaltenem Atem den Hügel hinauf. Ich glaube, ich hielt immer den Atem an vor Entzükken, all die vielen Jahre lang, wenn ich um die Ecke bog und mein Blick auf unser Haus fiel.
Übertreib nicht, Elli, höre ich Paul sagen.
Nun gut: also fast immer.
Man sah nur einen kleinen Teil von ihm, jedenfalls im Sommer, ein Stück rostroten Dachs und die Veranda, die wir als Wintergarten nutzten, schwarzbraunes Holz und hohe schmale Glasfenster. Der Rest des Gebäudes war von Büschen und Bäumen verdeckt, vor allem von dem großen Kirschbaum, unter dem wir im Sommer saßen und Kaffee tranken. In meiner Erinnerung ist es meistens Sommer. Und wenn ich versuche, mir das Haus im Winter vorzustellen, ist dort gleich richtiger Winter, zauberisch verschneiter Garten oder eisiger Frost, der die Pflanzen, in bizarrer Haltung erstarrt, im Würgegriff hält, und wir trinken beim Kachelofen heiße Schokolade, ich nähe oder bügele vielleicht, während Paul vorliest.
Du hast so gern aus der Zeitung vorgelesen, Paul.
Er las am liebsten Dokumentationen, Hintergrundberichte. Zwischendurch unterbrach er sich selbst mit Unmutsäußerungen: Ist das nicht unglaublich, Elli? Alles regte ihn auf: der Vietnam-Krieg, die Haltung des Papstes gegenüber der Empfängnisverhütung, die Amerikaner und die Russen, die Iren und die Kurden, Atomtests und Umweltzerstörung, Aids und Gentechnologie, Grausamkeit und Dummheit. Ich hatte es lieber, wenn wir uns Romane vorlasen, Jane Austen oder Fontane, das war meistens mein Part, abends im Bett, vor dem Einschlafen.

Das Vorlesen fehlt mir ebenso wie der richtige Sommer und der richtige Winter. Da, wo wir jetzt wohnen, gibt es kein Wetter mehr, der Himmel hängt gleichmäßig grau über der Stadt. Paul verbringt die meisten Tage am Fenster – aber was sieht er schon? Ohne meine Pflanzen auf dem Balkon würde ich vielleicht gar keine Jahreszeiten mehr spüren. Es kann doch nicht etwa am Alter liegen, daß sich die Natur so weit von uns zurückgezogen hat.

Es gibt einen Aufzug dort, sagte Ines damals, als sie versuchte, uns die neue Wohnung schmackhaft zu machen. Denkt doch: kein Treppensteigen mehr, das Papa so schwer fällt, und ein wirklich komfortables Badezimmer und eine funktionierende Zentralheizung. Aber man ist hier wie in Watte gehüllt, im ewigen Nebel ausgesetzt, ohne Erde unter den Füßen. Wir verließen unser Haus erst, als wir keine Wahl mehr hatten, nach Pauls Schlaganfall.

Es ist richtig, daß Paul in den letzten Jahren den Aufstieg zur Eingangstür nur noch mühsam bewältigte, die fünfzehn Stufen hinter dem Gartentor, über das sich der Goldregen neigte, zumal das Geländer immer wackeliger wurde und wir nie jemand fanden, der es für uns ausgebessert hätte. Am Ende der Treppe wand sich ein schmaler Weg ein bißchen nach links, ein bißchen nach rechts auf den Hauseingang zu. Zu seinen beiden Seiten wuchsen Fliederbüsche, Goldregen und Rhododendron, die jedes Jahr üppiger wucherten, obwohl Ines darüber maulte: Eines Tages wird der Weg zum Tor noch ganz zuwachsen. Wann wollt ihr endlich einen Gärtner bestellen, der Ordnung schafft?

Aber ich liebte das Verwucherte und das Gefühl der Geborgenheit, das mir daraus erwuchs. Man betrat unser Haus von Osten her, über eine schmale Terrasse, die sich auf der Südseite, Stirnseite, noch erweiterte, auf den Platz um den Kirschbaum hin. Auf der Südseite lief an der Hauswand entlang auch das große Beet, das ich bis zuletzt bearbeitete,

nicht ganz zwei Meter breit, aber immerhin fast zehn Meter lang. Dort wuchs alles.
Paul nannte es: dein Bauerngarten. Küchenkräuter, Gemüse und Blumen, bunt durcheinander. Mit den Rosenbüschen hatte ich am Ende kein Glück mehr; der Boden war rosenmüde, sie kümmerten und gingen ein. Aber prächtige Malven lehnten ringsum an der Hauswand, an der Südostseite rankte Clematis, Margeriten und Sonnenbraut wucherten wie Gebüsch. Mit den einjährigen Sommerblumen habe ich viel herumprobiert. Kalendula, Kapuzinerkresse und Levkojen mußten jedes Jahr dabeisein. Ursprünglich hatten wir den Küchengarten an der rechten Hausecke angelegt, näher zur Küche, aber dann fand ich heraus, daß die Tomaten auf der anderen Seite viel besser gediehen, und die Minze marschierte mit ihren unterirdischen Ausläufern sowieso, wohin sie wollte – warum sie also nicht lassen? Petersilie und Dill gingen mir fast immer ein, und vom Pflücksalat aßen die Schnecken meist mehr als Paul und ich. Ich säte und pflanzte alles durcheinander und war selbst ganz erstaunt, wenn wieder etwas ans Licht drängte, das ich längst vergessen oder aufgegeben hatte. Sogar Ines, die das Fehlen einer gestalterischen Idee mißbilligte, zeigte sich im Frühsommer beeindruckt von der Fülle der Farben.
Die schönste Zeit war die, als auch Paul noch im Garten arbeitete. Die große Rabatte war meine Domäne. Er kümmerte sich um den Rest, die Sträucher, die Obstbäume, die Wiese hinter dem Haus, die wir nur zwei-, dreimal im Sommer mähten und zuletzt überhaupt nicht mehr. Paul liebte die Erdarbeiten, das Wühlen und Graben, Wege anlegen, Beete mit Steinen einfassen, außerdem Holzarbeiten, Sägen und Hacken, Feuerholz schichten. Wir kamen uns nur selten in die Quere. Außer vielleicht in dem einen Punkt: Paul hatte gern Besuch, und ich war froh, wenn alle wegblieben, Ines und die Kinder eingeschlossen. Du mußt aufpassen, daß

du es nicht zu weit treibst mit der Weltflucht, sagte Paul manchmal kopfschüttelnd. Früher bist du doch auch unter Menschen gegangen. Wenn ich an all unsere Gruppen und Diskussionszirkel denke! Die Liebe zur Natur und das Interesse an Menschen müssen einander doch nicht ausschließen, oder?

Paul kritisierte mich immer nur sehr verhalten, auch wenn ihn etwas wirklich beunruhigte.

Von mir aus hätte die restliche Welt da draußen zum Teufel gehen können, sofern man uns zufrieden ließ. In den langen glücklichen Sommermonaten lebte ich nur für den Garten. Wir brauchten nicht viel, Paul und ich. Wir waren einander genug. Vielleicht wäre Paul wieder gesund geworden, wenn wir dort hätten bleiben können, hinter der Dornröschenhecke.

Erinnerst du dich eigentlich an die Frühlingswiese hinter unserem Haus, Paul?

Hör doch jetzt auf damit, Elli.

Bestimmt weißt du nicht mehr genau, was da wuchs, aber ich kann dir noch jede einzelne Pflanze aufzählen: im Frühjahr Löwenzahn und Sauerampfer und Kreuzkraut (das sind diese gelben Korbblütler, kleine Blüte) und am Waldrand die übelriechende weiße Knoblauchrauke und Brunnenkresse – war er nicht köstlich, mein Kressesalat im Frühling? Mit Radieschen und hartgekochten Eiern und ein bißchen frisch geraspelten Möhren und Kohlrabi. Dem Spinat aus jungen Brennesseln und Taubnesseln konnte Paul nicht viel abgewinnen. Wir hatten die weiße und die rote Taubnessel, Goldnessel auch, und dann kriechenden Günsel – Paul hat immer »kriechender Hansel« gesagt. Im Frühling, zwei Wochen lang, wogte es rosa und wogte es lila, wenn der Wachstumswind über die Wiese strich. Das war das Wiesenschaumkraut, das blühte. Beinahe hätte ich das Scharbockskraut am Bach vergessen, das kam noch vor den Veilchen, und dann Ehrenpreis und später Bärenlauch und Wiesenkerbel – oder vielmehr Bibernelle und Geißfuß? Ich hatte Schwierigkeiten mit all den weißen Dolden, sie sind so schwer zu unterscheiden, und dann die blaue Zaunwicke und …

Hör auf, Elli!

Ist Paul mir böse? Jedenfalls hat er sich im Sessel aufgerichtet und schaut vorwurfsvoll zu mir herüber. So schnell es meine Beine zulassen, laufe ich zu ihm, lege meinen Arm um seine Schulter.

Es tut mir leid, Paul. Ich dachte nicht, daß es dich so traurig macht.

Sein Oberkörper sackt wieder in sich zusammen, die Schultern zittern, seine Gesichtszüge verfallen. Aber er sieht mich immer noch an, und obwohl in seinen Augen keine Tränen sind, weiß ich: Paul weint, und ich möchte am liebsten mitweinen.

III.

An Pauls guten Tagen kommen wir ausgezeichnet allein zurecht. Wie oft habe ich das schon Ines klarzumachen versucht, wenn sie mir wieder damit kommt, daß eine Pflegerin her müsse. Ich will nicht noch mehr fremde Menschen hier herumlaufen haben, die sich einmischen.
An guten Tagen hebt Paul Arme und Beine beim An- und Ausziehen. Das Ausziehen ist einfacher. Er kann sogar einen Augenblick lang auf seinen Füßen stehen, ohne sich festzuhalten. Wenn er so steht und mich stolz und herausfordernd anschaut dabei, kommt er mir fast wie früher vor. Manchmal läuft er sogar ein paar Schritte in seinem Gehgerät. Er könnte sich ebensogut auf mich stützen, aber er meint wohl, wir würden dann beide umkippen. In Wirklichkeit halte ich eine Menge aus, ich bin sehr zäh, obwohl ich klein und zierlich scheine.
Das sind die guten Tage, an denen wir uns viel erzählen, meist von alten Zeiten. Seine Augen haben dann nicht diesen vagen Blick, der ins Weite geht, sondern sie kehren für eine Weile nach Hause zurück, zu mir, er schaut mich liebevoll an, ganz der alte Paul, bei mir, zu Hause. Dann bin ich glücklich und wusele immerfort um ihn herum, ich könnte ihn dauernd beschmusen und anfassen, aber natürlich weiß ich: Zuviel davon mag er nicht.
An den schwierigen Tagen hilft mir, wenn sie gerade bei uns ist, nämlich montags, mittwochs und freitags, Frau Feigel mit dem Anziehen, mit dem Klostuhl. Zu zweit ist es ein Kinderspiel, und Paul akzeptiert Frau Feigel auch, sofern sie

ihn bei seinem Geschäft allein läßt. An den anderen Tagen, dienstags und donnerstags und samstags, kann ich seit neuestem warten, bis die Jungs mit dem Essen auf Rädern kommen, die beiden Zivildienstleistenden.

Das Essen auf Rädern war eine gute Idee von Ines, das muß man sagen. Ich bin ihr wirklich dankbar dafür. Seitdem ist manches angenehmer geworden für mich. So gern ich früher gekocht habe, zuletzt war es meist unerfreulich. Nie waren die Lebensmittel da, wo ich sie suchte, weil Ines mal wieder aufgeräumt hatte. Außerdem dauerte es entsetzlich lange, das viele ermüdende Hin- und Herlaufen, und dann war doch wieder etwas angebrannt oder übergelaufen oder danebengegangen, und immer die Reste, die man ins Klo kippen mußte. Ich gestehe auch, daß mir öfter als früher Gegenstände einfach aus der Hand fallen, vor allem, wenn ich in Gedanken nicht bei der Sache bin und keinen Spaß habe an dem, was ich tue.

Jetzt habe ich all diese Zeit für meinen kleinen Balkongarten gewonnen. Sofern das Wetter es zuläßt, verbringe ich einen großen Teil des Tages dort draußen. Es gibt immer etwas zu zupfen, aufzulockern, zu pikieren, zu wässern, zu beschneiden, anzubinden, umzutopfen, zu beschatten oder zu lüften. Die meisten Arbeiten kann ich in meinem bequemen Arbeitsstuhl vornehmen, das erspart mir den Blick auf die häßlichen Häuserfronten gegenüber. Statt dessen sehe ich über einem schmalen Dächerstreifen den Himmel.

Eigentlich müßte man von hier aus auch einen Teil der Hügellinie vor der Stadt erkennen; ich meine jedenfalls, sie vor zwei Sommern, als wir herzogen, manchmal gesehen zu haben. Vielleicht sind meine Augen schwächer geworden. Am liebsten sitze ich sowieso nur da und sehe meinen Blumen beim Wachsen zu. Zwischendurch gehe ich ins Zimmer zurück und erstatte Paul Bericht.

Frau Feigel behauptet, das Essen auf Rädern tauge nicht viel, aber sie nutzt noch jedesmal die Gelegenheit mitzuessen, wenn sie sich ihr bietet. Paul und ich brauchen ja nicht viel. Gewiß waren meine Mahlzeiten, als ich selber noch kochte, schmackhafter. Aber inzwischen ist es mir einigermaßen egal, was ich zu mir nehme, und Paul scheint ebenfalls keinen großen Unterschied zu bemerken. Außerdem lebt er auf, wenn die Zivis kommen, Christoph und Carsten.

Ist es nicht sonderbar, daß Paul sich bei Ines' Besuchen so hängen läßt, während er sich vor den beiden Jungen geradezu aufplustert? Es könnte an der Tageszeit liegen oder auch daran, daß diese Abwechslung noch neu ist. Fast immer versucht Paul ein Gespräch mit den beiden, manchmal reißt er sogar Witzchen wie in den alten Zeiten. Meistens verstehen sie ihn zwar nicht – außer mir kann ihn niemand mehr besonders gut verstehen –, aber sie reagieren gutmütig, sie mögen ihn, necken ihn gelegentlich. Manchmal sind sie ein bißchen distanzlos für meinen Geschmack. Doch da es ihn offenbar nicht stört, will ich nicht einschreiten.

»Hallo, Chef!« sagen die Jungs zu Paul und »Hallo, Lady!« zu mir. Sie klingeln Sturm, dreimal, so daß ich immer weiß, wann sie es sind. Christoph ist ein schlaksiger, hellhäutiger Rotbart, Carsten ein pummeliger leutseliger Trampel mit langem braunem Haar. »Heute gibt es Königsberger Klopse.« Carsten lüpft den Deckel und wedelt Paul mit den Töpfen unter der Nase herum. »Riecht echt gut, stimmt's?«

»Kanonenkugeln«, scherzt Paul, »damit sollten sie die Kriege führen.« Wahrscheinlich mag er die beiden vor allem deswegen, weil sie den Militärdienst verweigert haben. Natürlich verstehen sie ihn nicht, weil es wie »Kahnkuhn« und »Krienführn« klingt, aber als ich es wiederhole, nickt Christoph zustimmend, und Carsten macht piffpaff mit den Fingern und grinst.

»Wollen Sie heute gefüttert werden, oder macht das die Lady?« fragt Christoph. Paul schüttelt den Kopf und hebt die Hand in meine Richtung. So gern er es hat, wenn sie kommen und sich mit ihm unterhalten, gefüttert werden will er, wenn er selber mit der Gabel nicht klarkommt, lieber von mir.

Also, erzählt mir lieber was von der Welt draußen, Jungs, was ihr macht, wie ihr lebt, was ihr lest. Das sind die Dinge, die Paul interessieren. Was er euch sagen will, ist: Gut, daß ihr Zivildienst leistet und nicht an diesem Indianerspiel teilnehmt, diesem gefährlichen Unsinn. Nett, daß ihr herkommt – will er euch sagen –, obwohl ich eure Hilfe weniger nötig brauche als andere behinderte Menschen, weil ich ja Elli habe. Ich freue mich, will er erzählen, aus der Zeitung (aber wann hätte er die zuletzt gelesen?) oder aus dem Fernsehen zu erfahren, daß die Zahl von euch Kriegsdienstverweigerern ständig wächst. Manch einer hätte es damals auch gern so gemacht, aber uns hätte es Kopf und Kragen gekostet.

Darüber würde er sich gern mit euch unterhalten. Doch so freundlich und so bemüht sie auch sind, die beiden, das können sie sich nicht vorstellen, und ich muß wohl einfach froh sein, wenn sie mir helfen, ihm den Pullover über den Kopf oder die Hose hochzuziehen an den Tagen, an denen ich es allein nicht geschafft habe.

Ihr hättet Paul mal vor ein paar Jahren sehen sollen, vor seinem Schlaganfall, mit siebzig, fünfundsiebzig Jahren! Was für ein gutgewachsener Mann er war, groß, schlank, ohne Bauch, nur vielleicht auch damals schon ein winziger Ansatz zum Rundrücken. Er hätte jederzeit gut gewirkt neben euch Kerlchen.

»Meinen Sie, er muß vielleicht mal auf den Topf?« fragt Christoph stirnrunzelnd. »Wo wir gerade hier sind?«

Natürlich ist es nett von ihnen, und ich bedanke mich, natürlich geht es besser mit ihrer Hilfe als ohne sie, und doch habe ich ein schlechtes Gefühl Paul gegenüber. »Danke«, sage ich, was soll ich sonst sagen, und dabei meide ich Pauls Blick. Sie müßten es nicht tun, sie dürften es nicht einmal, hat Ines mir wiederholte Male auseinandergesetzt, weil sie nämlich nur für das Essen zuständig sind und dringend weiter müssen. Es ist ein Freundschaftsdienst. Wenn sie ihre Hilfe anbieten, so tun sie es doch nur, weil sie Paul mögen.

Aber sie wissen gar nicht, an wem sie da ziehen und zerren, wen sie wie eine Kleiderpuppe auf den Klostuhl heben. Das ist Paul Huysmann, der berühmte Journalist, einer der besten Köpfe seiner Zeit, einer der nachdenklichsten Männer seiner Generation – auch wenn das längst nicht alle anerkannten und er selber viel zu bescheiden war, sich in irgendeiner Weise in den Vordergrund zu drängen. Ganz davon zu schweigen, was für ein wunderbarer Mensch er ist. Davon wußten die wenigsten Leute. Diese Knaben hier kennen seinen Namen nur aus der Essen-auf-Rädern-Kartei. Woher sollen sie auch wissen, daß er jahrzehntelang das politische Ressort einer großen Tageszeitung leitete, daß er lange Zeit seine eigene Zeitschrift herausgegeben hat.

Sie machen nicht einmal Anstalten, vor die Tür zu gehen, während er auf dem Klo sitzt; sie feixen und blödeln unbekümmert, mit sich selbst beschäftigt.

Sie sehen in ihm nur einen alten Mann, hager, vornübergefallen, mit gerötetem Gesicht und schütterem schlohweißem Haar, das jetzt manchmal sogar mir ein wenig gelblich erscheint (»Wann hast du es ihm eigentlich zuletzt gewaschen?« würde Ines, die einen scharfen Blick hat, sofort fragen), mit einer scharf hervorspringenden Nase und großen Ohren, aus denen die grauen Haarborsten wuchern (»Das ist unappetitlich«, sagt Ines, »die mußt du schneiden, und wenn du es nicht selber kannst, mußt du jemanden kommen lassen«). Er ist nicht besonders gut rasiert, das gebe ich zu. Die violetten gesprungenen Äderchen im Gesicht hängen damit zusammen, daß wir immer gern dem Wein zugesprochen haben, auch jetzt noch manchmal, zum Teufel, warum auch nicht? Paul hat noch immer diese ungewöhnlichen blaugrauen Augen, die so intensiv blicken können, auch wenn neuerdings manchmal eine trübe Flüssigkeit darauf zu schwimmen scheint.

Als er vor zwanzig Jahren seine Arbeit bei der Zeitung aufgab, um weniger und nur noch freiberuflich zu schreiben, waren diese beiden hier gerade mal geboren. Jetzt freut er sich wie ein Kind über ihr gönnerhaftes Wohlwollen. Sie meinen es gut, gewiß. Auch Ines meint es gut.

Das wirklich Traurige am Älterwerden ist, daß nur noch wir selber wissen, wer wir waren und sind, und alle anderen um uns her es allmählich vergessen. Vielleicht vergessen wir selbst es irgendwann auch? Was weiß Paul noch von früher, von unserem Haus, dem Garten, von Annie und der Geschichte unserer Liebe? Erst wenn er sich nicht mehr erinnerte, wäre ich wirklich allein.

»Nasentier«, sagt Paul und verscheucht mit der rechten Hand eine Fliege aus seinem Gesicht. Es klingt wie ›Nahntie‹, doch Christoph und Carsten lachen darüber, als ich sie zur Tür komplimentiere.

»Morgen dann Rotkohl mit Frikadellen?« ruft Carsten zu Paul zurück, der im Lehnstuhl auf mich und sein Essen wartet.

»Sie sollten sich das mit der Sozialstation mal überlegen, wirklich«, sagt Christoph in der Tür zu mir, »ambulante Tagespflege, die kommen ein- oder zweimal am Tag, wie man sie braucht. Für das Pflegerische.«

»Vorsicht, Lady!« ruft Carsten und packt mich am Arm. Beinahe wäre ich über die Teppichkante gestolpert, aber keine Sorge, mein Lieber, diese Stelle kenne ich in- und auswendig. Nur weil ich alt und tüdelig aussehe, bin ich noch lange nicht geistig abgetreten.

»Echt nett, Ihr Mann, aber ich finde auch, daß Sie bald mal Hilfe brauchen, echt.«

Sie meinen es gut auf ihre Art, die beiden, doch es ärgert mich, wie sie ihre unerbetenen Ratschläge im Treppenhaus hinausposaunen, wo Frau Frickerhaus, unsere Vermieterin, alles mithört. Diese tückische alte Schachtel ist gerade dabei, ihren häßlichen alten Gummibaum auf dem Treppenabsatz zu gießen. Ich sage ungern unfreundliche Sachen über Pflanzen, aber der ist wirklich so häßlich, daß er besser schnell vertrocknen würde.

IV.

Nach und nach ist etwas mit mir passiert, das ich selber nicht ganz verstehe. Alle außer Paul sind mir fremd und zuwider. Das war nicht immer so, früher war es jedenfalls nicht ganz so schlimm. Aber früher ließen sie uns auch zufrieden. Sie steckten nicht andauernd ihre großen falschen Nasen in unser Leben und wollten alles besser wissen. Dabei könnte es noch so schön sein, selbst jetzt, wo Paul krank ist, selbst hier, in dieser traurigen kleinen Wohnung. Wenn wir noch in unserem Haus lebten, würden andere Leute sich weniger einmischen, dessen bin ich mir sicher.
Ich mag zum Beispiel nicht mehr ausgehen, seit ich weiß, daß Frau Frickerhaus im Treppenhaus lauert. Ich bitte Frau Feigel, mir mitzubringen, was wir brauchen; einkaufen tut sie ohnehin lieber als putzen. Ich bin hier nie gern einkaufen gegangen, diese tote Straße hinunter in diesen unfreundlichen Supermarkt. Es gibt keine Gärten zu gucken; die dürftigen Grünstreifen vor den Häusern sind nicht mal Vorgärten zu nennen, sondern nur Hundeklos. Die ganze Straße ist ein einziges Hundeklo, jeder Baum und jede Laterne.
Wann werden sie endlich das Halten von Hunden in Städten verbieten? Natürlich hat auch Frau Frickerhaus so einen Kläffer, der ihr den willkommenen Vorwand bietet, auf der Straße herumzulungern, wenn sie sich nicht gerade im Treppenhaus zu schaffen macht. Diese Frau weiß sich einfach nicht sinnvoll zu beschäftigen, sie stürzt sich auf jeden, der ihr über den Weg läuft, und solche Menschen habe ich nie gemocht.

Früher, als wir noch im Haus lebten, war das Einkaufen für mich ein freudiges Ereignis. Fast jeden Tag stieg ich auf mein Fahrrad – zu Ines' Entsetzen fuhr ich dort bis zuletzt Fahrrad – und rollte den Hügel hinunter bis zu dem kleinen Lebensmittelladen am Kirchplatz. Dann radelte ich durch Lindenallee, Kastanienallee, zwischen blühenden Gärten hindurch zum anderen Ende des Dorfes, wo der Bäcker und der Fleischer waren. Mittwochs und samstags gab es Wochenmarkt im Nachbarstädtchen, dorthin nahmen Paul und ich den Bus, um gemeinsam einzukaufen, denn auch er liebte den Blick auf frisches Gemüse und Obst, wie es die Jahreszeiten spiegelt.
Diese geruhsamen Alltagsgespräche! Was wollen wir essen? Was heute, was morgen? Müßten wir nicht allmählich anfangen, Marmelade einzukochen? Was hältst du von Hirseauflauf mit Kirschen für heute abend – oder lieber Himbeeren? Wie wär's mal wieder mit einer Zucchiniquiche? Und Paul sagte: Ich bin eben drüben im Buchladen, wir sehen uns dann später im Café. Jede Woche hatte er etwas zu bestellen und etwas abzuholen; er betrat das kleine Café mit einem Bücherpaket und einem erwartungsvollen Lächeln, und manchmal begann er schon in den Büchern zu stöbern, während wir noch auf unseren Eiskaffee warteten.
Wenn ich alltags im Dorf einkaufte, mußte ich das Fahrrad natürlich auf dem Rückweg hügelan schieben, aber war das nicht wesentlich angenehmer, als den vollen Korb zu schleppen? Die Eier holten wir beim Nachbarn, dem Bauern Anton, das ließ sich Paul nicht nehmen, denn Bauer Anton redete gern mit ihm über Politik, und Paul redete gern mit Bauer Anton.
Überhaupt kannten die Leute dort einander und grüßten freundlich, guten Tag, Frau Huysmann, man sprach über das Wetter und auch sonst über dies und das, doch es wäre niemand eingefallen, sich aufzudrängen.

Auf Frau Feigel kann ich mich verlassen, jedenfalls bis jetzt noch. Sie kommt nie ungebeten. Sie bringt mit, um was ich sie bitte. Sie tut in der Wohnung nur das, was ich ihr sage – und meist spart sie sich unerwünschte Ratschläge und dumme Kommentare dabei. Sie wühlt nicht in Schränken und spioniert nicht in Schubladen herum, unter dem Vorwand, dort Ordnung schaffen zu wollen. Am liebsten sitzt sie und trinkt Kaffee, und dabei liest sie Paul gern aus der Zeitung vor, allerdings meist die Räuberpistolen, nicht die Artikel, die ihn wirklich interessieren. Sie ist gänzlich ungebildet, die gute Frau Feigel, aber ich glaube, Paul hat seine Freude an ihr, wie sie genüßlich Horrorgeschichten zum Besten gibt, mit eindringlicher Stimme und von der Anstrengung des Lesens hervorquellenden Augen. Zwei-, dreimal pro Woche ist das eine willkommene Abwechslung.
Doch morgens, wenn ich aufwache, ist immer mein erster Gedanke: Will jemand heute etwas von uns? Kommt jemand, für den man sich zusammenreißen, dem man etwas vorspielen muß? Gut nenne ich die Tage, an denen sie alle wegbleiben, der Doktor, die Frau von der Altenhilfe, Ines oder sonstwer. Wer hat wohl den Schwachsinn aufgebracht, daß alte Leute sich grundsätzlich einsam fühlen, möchte ich wissen? Neulich mußte ich am Telefon wieder eine von diesen Frauen abwimmeln, die einen ehrenamtlichen Besuchsdienst organisieren, einen christlichen Nachbarschaftsbesuch, nannte sie es. Ich möchte wissen, wer die auf uns angesetzt hat. Christlich auch noch.
Gut nenne ich die Tage, wenn Frau Feigel und Christoph und Carsten wieder gegangen sind, wenn man sich um nichts mehr kümmern muß – das gebrauchte Geschirr holen sie am nächsten Tag wieder ab. Wenn dann noch schönes Wetter ist, ein wenig Licht unter dem Himmel. Wenn niemand etwas von mir will und mich unter Druck setzt. Wenn ich draußen bei meinen Pflanzen sitzen kann. Kapuzinerkresse-

pflänzchen entwickeln das dritte Blatt: erst zwei Keimblättchen, dann ein drittes aus der Achsel. Clematis im Kübel entfaltet die erste Blüte, tiefblau, nachtblau, ein Blau, das an Hochsommernächte und Nachtfalter denken läßt, an die warmen langen Sommerabende in unserem Garten.
Auf dem Balkon fällt es mir leichter, mich nur an die guten Dinge zu erinnern.
Ich würde Paul manchmal vorlesen, wenn meine Augen nicht so nachgelassen hätten. Neuerdings fällt es mir schwer, Kleingedrucktes zu entziffern, und so schauen wir uns statt der Zeitung die Tagesschau an und die eine oder andere politische Magazinsendung, wenn es meist auch nur unerfreulich ist, was man da zu hören bekommt.
An was denkst du, Paul, den ganzen Tag? An deine Jahre bei der Zeitung? Schreibst du noch etwas, liest du manche Bücher noch einmal in deinem Kopf? Versuchst du wie ich, dir unsere gute Zeit in Erinnerung zu rufen? Oder machst du dir Sorgen, was aus der Welt werden soll? Vergiß die Politik, das Gezänk dort draußen soll uns doch egal sein! Erinnere dich lieber an unsere guten Jahre. Es lohnt doch nicht, sich den Kopf über die ständigen Nationalitätenstreitigkeiten zu zerbrechen; sowie die einen aufhören, sich totzuschlagen, fangen die nächsten schon wieder an. Aber an was denkst du, wenn es das nicht ist? Sein Gesicht ist traurig, sein Blick vage und leer, seine Mundwinkel hängen. Du denkst doch nicht etwa an Annie?
Neuerdings deprimieren uns die politischen Sendungen am Abend, und die meisten Spielfilme sind so dämlich, daß wir sie gar nicht aushalten können. Man müßte die, die sich das Fernsehprogramm ausdenken, zwingen, sich ihr eigenes Zeug von morgens bis abends anzusehen. Früher haben wir uns darüber aufgeregt, jetzt schläft Paul meist vor dem Fernsehgerät ein, dann habe ich Mühe, ihn auszuziehen und ins Bett zu bekommen.

Ich schlafe neuerdings schlecht, und ich habe Träume, die mir angst machen. Träume von Einbrechern, ich werde verfolgt. Manchmal ist jemand in der Wohnung; ich höre leise Schritte und kann silbrige Gestalten bei den Vorhängen sehen.
Wer sind Sie? Was wollen Sie hier?
Sie antworten nicht. Meistens verkriechen sie sich, sobald ich sie bemerkt habe, hinter dem Schrank, unter den Betten. Ich werde vollends wach und taste zu Paul hinüber. Paul! Was wollen all die fremden Menschen hier? Im Halbschlaf überläßt er mir seine Hand, das ist tröstlich.
Es soll wieder hell werden. Ich möchte aufstehen und zu meinen Blumen hinausgehen. Die fremden Gestalten verschwinden manchmal erst, wenn ich Licht mache. Dann wandere ich im Morgenmantel in der Wohnung herum, bis ich mich beruhigt habe. Usambara, Philodendron, anspruchsloser Schattenranker, Diephenbachie, groß und fett, Hibiskus Lauseblume, Osterkaktus Immerblüher, Zitronenbäumchen, Fette Henne, Aloe Krebrigsaft, Sachsengras – alle sind noch da. Es ist nichts passiert. Niemand ist in die Wohnung eingedrungen. Paul schläft fest, und die Blumen wachsen. Paul schläft mit einem kleinen Schnarchen, das wie ein Stöhnen beginnt und mit einem Rasseln im Brustraum endet. Das Rasseln gefällt mir nicht.
Paul schläft, und ich kann nicht schlafen.
Aber Paul ist da. Ich wandere herum.
In manchen Nächten liege ich schlaflos, und in anderen habe ich Alpträume und große Mühe, den schweren Schlaf abzuschütteln. Große Fratzen hängen über meinem Bett, flächige, grobe, böse Götzengesichter formen sich oben unter der Decke und senken sich von dort auf mich herab. Sie wollen mich ersticken, bevor ich die Kraft gefunden habe, aufzuwachen. Ich kämpfe, strampele, winde mich, keuche, bis ich ins Wachsein entkommen bin. Nur nicht wieder einschlafen.
So wandere ich ziellos im Morgenmantel umher und murmele

meine Beruhigungssprüche: Usambara, Philodendron, Hibiskus Lauseblume, hellrot wie Feuer, Drachenbaum, Tradeskantie, Schnell-Läufer genannt, Azalee mit dem kleinen Lederblatt, spitzblättrige Sansevirie, auch Zunge der Schwiegermutter genannt. Dabei hatte ich mit meiner Schwiegermutter nie Schwierigkeiten, meine Mutter war das Problem. Alle Blumen sind noch da. Es ist unsere Wohnung, wenn auch leider nicht mehr das Haus, in dem ich mich viel sicherer fühlte. Leider kann ich nicht auf den Balkon hinaus. Nicht daß mir zu kalt wäre, aber ich habe in der Nacht nicht genügend Licht zum Arbeiten dort.

In unserem Häuschen war hier die Diele, und auf dieser Seite ging es ins Wohnzimmer und weiter durch zur Veranda. Auf der anderen Seite, da drüben, befand sich die Küche, nach hinten hinaus, mit der Hintertür zum Geräteschuppen. Zwischen Garderobe und Eckschrank die Treppe nach oben und im ersten Stock die beiden Schlafzimmer, von denen wir natürlich nur das eine brauchen. Das andere ist Gästezimmer, in dem ich manchmal bügele und nähe und manchmal auch male. Schönes Licht hier. Und daneben Pauls Arbeitszimmer, das Studio genannt; seine Bibliothek müßte dringend mal wieder in Ordnung gebracht werden. Und natürlich das Bad.

Neben dem Eingang zum Bad befindet sich die Luke zum Dachboden. Man muß sie auf- und eine schmale Treppe herausklappen. Ich war schon einige Jahre nicht mehr oben. Ich weiß gar nicht, ob Annies Sachen noch dort sind. Ich müßte Ines mal fragen: Hand aufs Herz, sag mir die Wahrheit, hast du Annies Sachen eigentlich weggeworfen beim Umzug? Oder sind sie noch dort oben, in Koffern und Kisten verpackt: ihr rotschwarzes Schaukelpferd, die Puppenfamilie, der Kaufladen, den sie zum Schulanfang bekam, ihre Bücher und Malsachen, das Karnevalskostüm, das ich ihr zum letzten Geburtstag genäht hatte, ihre Sammlung von Tierpost-

karten und das von Paul gezimmerte Schreibpult. Zum Eintritt in die höhere Schule sollte sie einen neuen Schreibtisch bekommen.
Paul wollte alle diese Dinge nicht mitnehmen, als wir ins Haus zogen. Dies ist unser Versuch, einen neuen Anfang zu machen, sagte er. Bis dahin war das Kinderzimmer in der alten Wohnung unverändert geblieben. Du hast mir versprochen, Elli: mit dem Haus soll eine neue Zeit beginnen. Ja, das hatte ich versprochen, und die neue, die bessere Zeit ist ja auch gekommen. Aber trotzdem wollte ich, daß ein Stück von Annie mit ins Haus zöge. So trugen wir ihre Sachen hinauf in den Speicher, wo sie bis heute liegen.
Falls Paul sie nicht heimlich fortgeworfen hat. Aber nein, Paul würde so etwas nie hinter meinem Rücken tun. Ich glaube, er war damit zufrieden, daß ich Annies Sachen auf dem Dachboden sich selber überließ und nicht mehr so oft von ihr sprach. Nicht einmal ein Foto von Annie haben wir im Haus aufgestellt – obwohl das doch reichlich übertrieben ist. Vielleicht sollte ich in den nächsten Tagen mal eines heraussuchen. Eher sieht es Ines ähnlich, daß sie heimlich alles fortgeworfen hat, ohne mich zu fragen.
Ich müßte doch wirklich mal nachschauen, ob Annies Sachen noch da sind. Es ist jetzt einige Jahre her, daß ich zuletzt dort oben war. Komisch, daß hier neuerdings eine Kommode steht. Dort müßte die Luke sein; ich muß auf den Stuhl steigen. Früher hatten wir eine Leiter. Was soll denn diese Tür dort? Das Badezimmer kommt doch erst viel weiter links. Paul wird es bestimmt nicht recht sein, daß ich mitten in der Nacht auf den Dachboden steige. Sein beruhigendes Sägen tönt durch das ganze Haus. Ob es mir überhaupt gelingt, die Treppe zum Dachboden allein herunterzuklappen, ohne seine Hilfe? Erst mal die Falltür öffnen. Au! Ein Schreckensschrei, da rutscht sie mir aus der Hand und donnert auf den Boden. Ich schwanke auf dem Stuhl,

halte mich eben noch an der Wand. Was war das? Beinahe wäre ich heruntergefallen. Eine Schublade liegt am Boden, und Wäschestücke haben sich rundum ergossen. Pauls Schnarchen verstummt. Er ist aufgewacht. Er wird sich Sorgen um mich machen. Mein Herz galoppiert.

»Alles in Ordnung, Paul!«

Was wollte ich überhaupt auf diesem Stuhl, von dem ich nur sehr mühsam wieder herunterfinde? Ich bin ja überhaupt nicht in unserem Haus, sondern in der neuen Etagenwohnung, und eine Schublade muß aus dem Schrank gefallen sein. Was liegt da alles am Boden! Frau Feigel wird mir morgen beim Aufräumen helfen.

»Hier bin ich, Paul. Es ist nichts passiert.«

Er hat sich im Bett aufgerichtet und starrt angestrengt zu mir herüber, ängstlich, verwirrt.

»Alles in Ordnung, Liebster, mach dir keine Sorgen. Ich habe nur etwas umgeworfen auf dem Weg zum Klo. Laß uns schlafen.«

V.

In den ersten Jahren nach ihrem Tod ist mir Annie manchmal auf der Straße begegnet. Eine kleine herumzappelnde Gestalt von hinten, eine Kapuze, die ungeduldig zurückgestoßen wurde, wippende dunkelblonde Zöpfe, ihre besondere Art zu hüpfen beim Gehen, dann eine Neigung des Kopfs, der Ansatz eines Profils – Annie! rief ich und begann zu laufen, mein Herz schlug wie verrückt, bis ein fremdes kleines Mädchen sich nach mir umdrehte. Seine Martinslampe wackelte an langem Stock, während es mich verständnislos anstarrte, eine mißtrauische Mutter wandte sich neben ihm um, Feindseligkeit im Blick. Ich blieb stehen, beschämt, schuldbewußt, und ließ sie vorüberziehen. Der Schatten senkte sich wieder über mich, dunkler und kälter als zuvor, während ich mich gegen einen Hauseingang lehnte.
Ich will mich gar nicht an Annie erinnern, es geschieht mir wider Willen. An manchen Tagen kann ich mir nicht einmal mehr ihr Gesicht vorstellen, doch an anderen suchen mich Bilder heim, so schmerzhaft deutlich, als sei sie noch vor kurzem hiergewesen.
Annie im Karnevalskostüm, das ich ihr zuletzt genäht habe, eine Prinzessin in Gold und Rot, dreht und wendet sich selbstgefällig vor dem Spiegel. Mit gespitzten Lippen wippt sie auf den Zehen, zieht ihr schulterlanges blondes Haar auseinander. »Eine Prinzessin müßte sich aber vor dem Essen die Hände waschen, findest du nicht?« Das Jahr davor ist sie noch als Räuber gegangen. »Du siehst auch ganz nett aus, Mami.« Sie gibt mir einen Kuß, gut gelaunt. »Du siehst auch

aus wie eine Prinzessin. – Eine alte Prinzessin«, fügt sie dann, einen Schritt zurücktretend und mich nachdenklich betrachtend, hinzu.
Manchmal nur ein Gesichtsausdruck, ein Blick, eine Bewegung, der Tonfall ihrer Stimme. Ich darf doch? Bitte, Mama! Also doch! Dann bist du auch meine liebste, meine allerliebste Mama. Einschmeichelnd, vergnügt, selbstbewußt, manchmal fordernd, herrisch sogar: Papa hat es aber erlaubt. Annie, wie sie im Apfelbaum klettert. Guck mal, wie hoch ich schon bin, fast ganz oben! Was machst du da, Kind? Komm sofort runter! Doch sie greift lachend nach dem nächsten Ast, während ich ins Haus stürme: Sie soll sofort da runter, sag du es ihr, Paul, bitte! Warum sollte sie denn nicht klettern? erklärt Paul über den Zeitungsrand hinweg. Bist du denn als Kind nie in den Bäumen gewesen?
Oder Annie auf der Schaukel, blitzenden Auges, juchzend, höher! höher! Und dann klettert sie im Flug auf das Schaukelbrett, oder sie läßt sich im Sitzen nach hinten fallen, mit wehendem Haar, bis nur noch die Knie das Schaukelbrett umklammern. Ich kann gar nicht hinsehen. Ich war als Kind bestimmt nicht sportlich, das muß sie von Paul haben. Ich war ein verschüchtertes kleines Mädchen, das den Mund nur aufmachte, wenn es gefragt wurde, und meist über seinen Büchern saß, wenn die anderen draußen spielten, früh wegen seiner Brille verlacht, ein linkisches Geschöpf. Wohl wäre ich gern wie Annie gewesen. Weil ich so ängstlich war, ging Annie viel lieber mit Paul als mit mir spazieren: Mit Papa kann man mehr Quatsch machen. Ich war die, die vorlas und mit ihr malte und bastelte.
Bilder springen mich manchmal aus dem Nichts an, egal, ob ich herumgehe und an meinen Grünpflanzen zupfe oder untätig am Küchentisch sitze oder mit einem abgebrochenen Bleistift Pflanzlöcher in das Frühbeet bohre, um die Sämlinge zu pikieren. Ines würde einen solchen Mißbrauch des

Bleistifts beanstanden, es ist auch gar nicht gut für die Pflänzchen, aber was bleibt mir anderes übrig, wenn ich meinen Pikierstab nicht finden kann.
Annie krabbelt auf allen vieren über den Fußboden und steckt einen Erdbrocken in den Mund, der mir aus dem Blumenkasten gefallen ist. Oh, spuck das aus, Annie, sofort, es ist sehr gefährlich! Doch ich ernte nur ein verschmitztes Grinsen, während sie das, was sie im Mund hat, herunterschluckt. Sie lacht mir ins Gesicht. Ich schüttele sie voller Panik. Spuck aus! Spuck sofort aus!
Was du immer für ein Gewese machst um das Mädchen, sagt meine Mutter. Alle kleinen Kinder fressen Dreck. Wenn man davon stürbe, wären die Friedhöfe voll von Babyleichen, das kannst du mir glauben.
Einzelkinder von alten Müttern, sagt meine Mutter geringschätzig, bei jedem Fieberchen rennen sie zum Kinderarzt. Das kommt dabei heraus, wenn Frauen noch so spät Kinder kriegen. Dabei war meine Mutter selber schon Ende Dreißig, als sie Lisa zur Welt brachte. Aber als ich dich bekam, war ich blutjung, bemerkt sie spitz, und man macht nun mal nicht so viel Gedöns um das zweite.
Man kann durchaus geteilter Ansicht darüber sein, wieviel Gedöns sie früher um Lisa gemacht hat, aber ich werde mich hüten, von Lisa anzufangen.
Eigentlich gab es wirklich keinen Grund, sich um Annie zu sorgen. Sie war geschickt, intelligent, lebhaft, ein kleiner Energieknubbel voll guter Laune und Lebenslust. Doch sie hatte einen gehörigen Dickkopf, und manchmal ritt sie der Bock. Wenn sie wollte, konnte sie stundenlang in der Ecke malen, mit herausgereckter Zungenspitze, ohne sich zu langweilen, sie führte ausdauernd kuriose Selbstgespräche mit ihren Puppen. Doch draußen spielte sie wildere Spiele, als mir lieb war. Manchmal knuffte sie gleichaltrige Jungs auf dem Schulhof herum, aber meistens war sie mit diesem Mäd-

chen zusammen, das drei Häuser weiter wohnte und etwas älter war. Wollt ihr heute nicht mit dem Kaufladen spielen? Aber Mami, wo so schönes Wetter ist! Tatsache war, daß sie und das Nachbarskind sich gegenseitig zu Blödsinn anstachelten. Sag doch Rosemarie, sie soll mit zu uns kommen. Maulen, langes Gesicht. Bei dir dürfen wir immer nie was!
Rosemaries Mutter war großzügiger. Einmal rief sie an: Stimmt es, daß sie die Mädchen nicht allein in die Badeanstalt lassen wollen? Es sind doch nur zehn Minuten, Rosemarie findet das schon, hin und zurück. Und die großen Jungen im Schwimmbad? Und die Autos? Die Kreuzung am Karthäuserplatz? Ich habe heute nachmittag sowieso nichts Besonderes zu tun, ich kann die beiden ohne weiteres begleiten. – Rosemarie war die jüngste von vier Geschwistern, trotzdem begriff ich die Sorglosigkeit ihrer Mutter nicht. Vielleicht war sie auch weniger unbekümmert als einfach nur faul und träge; möglicherweise rechnete sie damit, daß ich mich zuletzt doch um die beiden kümmern würde.
Ich habe Annie noch im zweiten Schuljahr zur Schule gebracht und dort abgeholt – bis die anderen Kinder lachten und sie es sich energisch verbat. Sie steckte sich hinter Paul. Laß sie allein gehen, Elli, sie muß doch ihre eigenen Erfahrungen machen. Du behütest sie wirklich zu sehr, du mußt dir abgewöhnen, wie eine Glucke um sie herumzuflattern.
Immer war ich so allein mit meiner Angst; sie nahmen mich alle nicht ernst und spotteten über das, was sie als übertriebene Vorsicht ansahen.
Vergiß es, Elli, vergiß es.
Sie wäre jetzt im übrigen eine erwachsene Frau, keines deiner Bilder stimmt mehr. Sie wäre nicht einmal mehr jung, bereits in den mittleren Jahren. Welchen Beruf würde sie ausüben? Schon dafür fehlt mir die Phantasie. Ihre Kinder wären nicht mehr klein. Wer sagt dir denn, daß dir diese Kinder besser gefallen würden als die von Ines, daß sie nicht

genauso laut und schlecht erzogen und verwöhnt wären wie diese?
So weit reicht meine Vorstellungskraft nicht. In meinem Kopf durchläuft Annie immer die gleiche Zeitspanne, Säuglingsalter, Kleinkindjahre, Vorschulzeit und die ersten Schulklassen, vorwärts und rückwärts, sie krabbelt, stolpert versuchsweise ein paar Schritte, klettert auf das Kinderstühlchen, spritzt ihren Haferbrei in die Gegend, läßt sich in den Schlaf wiegen, am Bett vorlesen, sie schaukelt, wippt, fährt Dreirad, Fahrrad, balanciert auf der Gartenmauer – um Himmels willen, Annie! Komm sofort da runter! Im nächsten Augenblick ist sie schon wieder an meiner Brust eingeschlafen. Warum trinkt sie so wenig, Mutter? Ich fürchte, sie hat in dieser Woche wieder nicht genug zugenommen.
Sie holt sich schon, was sie braucht, antwortete meine Mutter trocken, aber sie wird sich noch erkälten, wenn du sie alle zwei Stunden wiegst.
Späte Mütter, großer Zirkus, spottete meine Mutter. Es ist wahr, daß ich während der Schwangerschaft übertrieben ängstlich war. Ich wagte kaum, mich zu bewegen.
Immerhin hatte ich drei Jahre zuvor, bald nach unserer Hochzeit, die Fehlgeburt gehabt. Immerhin war ich schon über vierzig, als Annie geboren wurde. Die ständige Angst war der Preis für das Glück. Man hört nichts als Vorsicht! Achtung! Paß auf! von dir, wo du gehst und stehst, sagte meine Mutter. Nicht so schnell! Nicht so hoch! Nicht so weit! Noch nicht. Nicht allein. Sieh dich vor! äffte sie mich nach. Ein Wunder, daß ein robustes Kind wie Annie dabei herausgekommen ist: pausbäckig, vital, temperamentvoll.
Mutter hackte auf mir herum, und Paul schwieg dazu.
Immer bin ich allein, wenn ich an Annie zurückdenke. Paul darf ich nicht auf sie ansprechen. Er zieht dann ein Gesicht, als wisse er überhaupt nicht, von wem die Rede ist. Was soll das Wühlen in den Erinnerungen, Elli. Ich wühle nicht, sie

sind einfach da, sie fliegen mich an, ob ich will oder nicht. So sitze ich still zwischen meinen Balkonblumen und lasse sie vorüberziehen.

Eines aber ist sonderbar, Paul, und das muß ich dir doch erzählen: Wenn mir Annie in den Sinn kommt, dann sehe ich sie meist in unserem Haus oder im Garten vor mir – obwohl sie doch schon nicht mehr da war, als wir dorthin gezogen sind.

VI.

Wann immer ich die Wohnung verlasse, macht sich unsere Vermieterin im Treppenhaus oder im Hauseingang zu schaffen. Mit dem Wischfeudel wedelnd, über die Einkaufstasche gebeugt und nach ihrem Schlüssel wühlend oder in der offenen Haustüre nach ihrem Köter rufend: »Fritzi! Willst du wohl herkommen!«

Doch sobald sie mich sieht, ist Fritzi vergessen, und sie wirft sich auf mich mit falscher Freundlichkeit. »Wie geht es Ihnen, Frau Huysmann? Man sieht sich ja so selten! Und Ihr lieber Mann? Wie immer?«

Ich bin sicher, daß Frau Frickerhaus hinter uns herspioniert. Da steht sie in der geöffneten Tür und macht keine Anstalten, mich vorüberzulassen, während Fritzi wedelt, schnüffelt und wieder davonwatschelt, um noch einmal mitten auf den Fußweg vor dem Haus zu kacken. Der Dackel ist genauso fett wie sie.

»Sie geben mir doch Bescheid, wenn ich Ihnen mal behilflich sein kann? Falls Sie was mitgebracht haben möchten beim Einkaufen zum Beispiel. Ich helfe gern, wirklich. Kommen Sie nur runter, wenn was ist, oder rufen sie einfach an. Ihre Hilfe scheint ja nicht ganz zuverlässig, Ihre Tochter hat so was angedeutet.«

Ines steckt also dahinter. Das hätte ich mir denken können.

»Ich kann Ihnen auch gern mal meine Hilfe für zwei, drei Stunden hochschicken, fürs Fensterputzen oder so.«

Was haben die Leute nur immer mit dem Putzen? Man könnte meinen, der Sinn des Lebens bestehe darin, täglich

mit Staubsauger und Wischeimer herumzulaufen, Betten und Teppiche aus dem Fenster zu hängen und darauf herumzuschlagen. Und gleich wird man mißtrauisch beäugt, wenn man es diesen Verrückten nicht gleichtut.
»Oder vielleicht brauchen Sie gelegentlich eine Handreichung bei Ihrem lieben Mann? So ein reizender Mensch! Der Arme wird ja hart geprüft – und trägt es so wunderbar gelassen, wie Ihre Tochter sagt.«
Ich möchte wissen, was sie veranlaßt, ihn »reizend« zu nennen; sie kennt ihn doch gar nicht. Erst recht verbitte ich mir, daß diese Gans, die in ihrem Leben nichts fertiggebracht hat, als Fußböden zu wienern und ihre Nase in andrer Leuts Angelegenheiten zu stecken, einen Mann wie Paul bedauert. Sie ist um so vieles ärmer als er und weiß es nicht einmal.
»Danke, mein Mann und ich kommen gut zurecht.«
»Gewiß.« Sie zögert, sie lauert noch immer in der Haustür, auf ihren Besen gelehnt. »Ihre Tochter meinte nur ...«
Auf Ines ist kein Verlaß. Ines hat diese Frau auf uns angesetzt. Nur so ist zu erklären, wie die Frickerhaus dasteht, wie sie bedeutsam mitten im Satz innehält, vor wichtigtuerischer Nächstenliebe beinahe platzend. »Ob Sie wohl so nett sind, dann und wann mal nach den beiden zu schauen? Ich mache mir nämlich große Sorgen.« – Das sieht Ines ähnlich.
»Ich würde auch gern mal wieder Ihren lieben Mann besuchen, Frau Huysmann.«
Wußte ich es doch! Ich höre Ines: Wissen Sie, meinem Vater geht es in letzter Zeit schlechter, und meine Stiefmutter ist auch schon über achtzig. Ich fürchte, sie wird mit der Situation nicht fertig.
»Heute ist es ganz schlecht. Mein Mann hat in der vergangenen Nacht nicht gut geschlafen.«
»Oh, es muß ja nicht sofort sein. Vielleicht irgendwann in den nächsten Tagen, wenn er sich besserfühlt? Ich würde Sie natürlich ebensogern zum Kaffee zu mir herunterbitten,

aber wir können ja Ihren lieben Mann nicht allein lassen. Und er freut sich doch sicher über ein bißchen Abwechslung.«
Aber nicht über die, die du ihm bietest, du alte Kuh. Wenn sie mich jetzt nicht sofort vorbeiläßt, werde ich sie zur Seite stoßen. Hätte ich doch nur Frau Feigel gebeten, mir die Torfquelltöpfe und den Dünger morgen mitzubringen. Morgen wäre früh genug gewesen. Wie plump die Frickerhaus nach einem Vorwand sucht, bei uns in der Wohnung herumzuschnüffeln. Ich sehe sie schon vor mir, wie sie nach ihrem christlichen Nachbarschaftsbesuch beschwingt die Treppe herunterwatschelt, um dann gleich von ihrem Telefon aus Ines anzurufen. Sie hatten wirklich recht, meine Liebe! Verboten sieht es dort aus. Man kann Ihre Stiefmutter tatsächlich nicht mehr mit Ihrem Vater allein lassen. Sie müssen etwas in die Wege leiten. Aber wie bloß? Was bloß? Sie haben ja keine Ahnung, wie stur meine Stiefmutter sein kann.
»Lassen Sie mich jetzt vorbei!« sage ich scharf.
Frau Frickerhaus zuckt zusammen und weicht mit großen Augen beiseite, die fette Maschine. »Entschuldigen Sie bitte, ich wollte Sie bestimmt nicht aufhalten, Frau Huysmann.«
Man muß den Leuten doch ab und zu die Stirne bieten. Sie starrt hinter mir her, während ich die Fahrbahn überquere, so verblüfft, daß es noch eine ganze Weile dauert, bis sie erneut nach ihrem Köter ruft: »Fritzi! Hierher!«
Da haben wir wieder einen kleinen Sieg errungen, Paul.
Wenn ich nur auch Ines so gegenübertreten könnte, bestimmt und selbstbewußt. Nein, Ines, wir brauchen keine Pflegerin. Wir brauchen auch niemanden, der hinter uns herspioniert und uns bevormunden will. Denk bloß nicht, es wäre mir entgangen, wie du hinter meinem Rücken über mich redest. Ich habe vierzig Jahre lang allein entschieden, wann die Bettwäsche abgezogen wird, und ich werde mir

diesbezüglich auch in Zukunft keine Vorschriften machen lassen. Ich mache dir ja keine Vorschriften – was tust du denn dann die ganze Zeit, bitte schön? – ich will dir doch nur helfen! Schöne Hilfe. Man muß Vaters Bettwäsche jetzt einfach öfter wechseln, in seinem Zustand, siehst du das denn nicht, Elli? Ich lasse mich jetzt nicht auf eine Diskussion darüber ein, ob meine Augen schwächer geworden sind, bestimmt nicht. Du hast vielmehr einen Hygienetick, Ines, das ist es, und vielleicht solltest du deswegen mal zum Psychologen gehen. Verdammt noch mal, muß denn Vater in der Scheiße liegen, nur weil du so stur bist? Weil du einfach nichts wahrhaben willst und dich gegen jede Veränderung sträubst?
Ja, stur bin ich, und ich bin auch stolz darauf. Für mich zählt nur, was Paul selber will. Sie veranstaltet diesen Tanz wegen zwei kaum sichtbaren braunen Abdrücken auf dem Laken. Meinst du, Paul, daß wir jemand anderes brauchen, eine Frau, die dir morgens und abends statt meiner beim An- und Ausziehen hilft? Er schüttelt den Kopf, übers ganze Gesicht staunend: Seit wann läßt du dich so in Bockshorn jagen, Elli? Wir sind ja wohl noch immer zu zweit zurechtgekommen, du und ich. Auch damals, nach Annie, als du die schlimmen Depressionen hattest. Hab' ich da nicht sogar kochen gelernt? Hast du, Paul, und vieles andere mehr. Diese Zeit ist in meinem Kopf ein schwarzes Loch, aber daran erinnere ich mich wohl. Wir haben diese schlimme Phase miteinander durchgemacht, da werden wir dies hier wohl auch schaffen. Es tut mir leid, daß du es an manchen Tagen so schwer hast mit mir, Elli, aber du sollst sehen, es wird wieder besser. Ich verspreche es dir.
»Fritzi! Sofort kommst du zurück, Fritzi!«
Ein Kind fliegt mir klingelnd auf einem Dreirad entgegen, bremst abrupt ein paar Schritte vor mir und starrt mich mit offenem Mund an, ein kleiner Junge mit rotem Haar. Weg

da! Ich mache eine Bewegung, um ihn fortzuscheuchen. Ich mag solche Kinder nicht, die mit ihrem unkontrollierten Bewegungsdrang Passanten auf dem Gehweg gefährden.
Das Kind stutzt, glotzt und fährt klingelnd weiter, gefolgt von einer stirnrunzelnden jungen Frau. Was hat sie sich bloß so, ich habe doch ihrem kostbaren Sohn nur bedeutet, daß ich gerne weitergehen möchte, ohne über den Haufen gefahren zu werden!
Da stehe ich auf dem Parkplatz vor dem Supermarkt, ein feiner Regen beginnt herabzunieseln. Ich habe vergessen, einen Schirm mitzunehmen, aber das macht nichts. Es ist ein willkommener Regen, Wachstumsregen, von den Blumen sehnsüchtig erwartet. Nur darf ich Paul nicht zu lange allein lassen. Bananen und Gurken liegen im Sonderangebot beim Eingang aus, und daneben stehen bunte Levkojensträuße. Levkojen so früh im Jahr? Ich habe vergessen, was ich eigentlich einkaufen wollte, wie ärgerlich, und natürlich wird es mir erst wieder einfallen, wenn ich zu Hause angekommen bin. Dann laufe ich bestimmt nicht noch einmal los, so schlecht zu Fuß, wie ich heute bin. Ich könnte aber einen Levkojenstrauß mitnehmen.
Sieh mal, Paul, sind sie nicht beinahe wie die, die früher bei uns unterm Küchenfenster wuchsen?

VII.

Am schlimmsten für Paul ist wohl, daß er seit seinem Schlaganfall nicht mehr richtig lesen kann. Manchmal verlangt er zwar noch nach der Zeitung, an seinen guten Tagen. Dann sitzt er da und betrachtet die Titelseite, stundenlang. Doch ich sehe ihn niemals umblättern. Derselbe Paul, der früher las, wo er ging und stand, der sogar auf Spaziergängen immer ein Buch, eine Zeitschrift bei sich trug.
Ich müßte es wettmachen, indem ich ihm um so mehr vorlese. Wie schön wäre es, wenn wir noch einmal zusammen unsere Lieblingsbücher vornehmen könnten. Aber irgend etwas ist mit meinen Augen geschehen. Überschriften, fett gedruckte, kann ich gut lesen; ich erkenne auch die Bilder im Fernsehen, und von den Menschen, mit denen wir zu tun haben, sehe ich mehr als genug. Aber gewöhnliche Druckschrift zerfließt vor meinen Augen zu einem kleingetupften Fleckenmuster. Fliegenkacke: eine Kolonne daherspazierender schwarzer Insekten mit sperrigen, zuckenden Beinchen hinterläßt kleine Häufchen, die nach einer Weile ebenfalls zu tanzen beginnen.
»Flüchtlingsströme aus Osteuropa weiter anschwellend«, »Behörden überrollt vom Asylantenansturm«, »Giftmüllskandal ohne Ende«, »Baby mit zwei Köpfen geboren« – so etwas lese ich einwandfrei, doch schon bei der zweiten, kleiner gedruckten Überschrift muß ich raten und bekomme bald Kopfschmerzen. Paul schaut mich bittend an; er glaubt wohl, ich müsse nur einfach mal zum Augenarzt gehen. Doch das hat keinen Sinn, Paul, glaub mir. Der würde nur

wieder von »Durchblutungsstörungen« reden und mir Tabletten verschreiben, die ich gleich ins Klo werfen kann, denn sie haben schon damals nicht geholfen, und mir ist nur komisch davon geworden.

Es tut mir leid, Paul. Sei mir nicht böse. Erfahren wir nicht außerdem alles, was wir wissen wollen, aus der Tagesschau und den Radionachrichten? Bleibt immer noch das Problem, daß wir die Dinge kaum miteinander bereden können. Das fehlt mir. Ich weiß, daß Paul die Nachrichten versteht, denn er regt sich darüber auf wie früher, manchmal sogar mehr, vielleicht, weil er sich nicht mitteilen kann. Was meinst du zu den Asylantenströmen, Paul? Er strafft sich im Sessel, umfaßt die Armlehnen und würgt mit hervortretenden Augen an Worten, die nicht die richtige Gestalt annehmen wollen: »Ggrrrllurrkksss. Arrrllugggsssrr.« Meinst du, daß das alles nur hochgespielt wird? Er wiegt traurig den Kopf, ermüdet von der Anstrengung des Sprechversuchs. Das kann ja oder nein heißen, und »einerseits – andererseits« war schon früher Pauls bevorzugte Stellungnahme bei prekären politischen Themen. Nur konnte dann die Ausführung folgen. Wenn es um persönliche Dinge geht, vermag ich seine Gedanken leichter zu erraten.

Es würde mich beruhigen, Pauls Einschätzung der Lage zu hören, weil die politischen Vorgänge mir zunehmend angst machen. Wo kommen all diese Flüchtlinge her, wo wollen sie hin, und was wird aus uns werden, wenn es mehr und immer mehr werden? Wir haben gesehen, wie sie zu Tausenden in schwarzen Trauben an den Schiffen hingen, die nicht landen durften; sie klebten wie ein schlimmer Ausschlag an Masten und Reling und ließen sich in Scharen ins Wasser fallen, versuchten, das Ufer schwimmend zu erreichen, obwohl von dort auf sie geschossen wurde. Oder waren das andere Flüchtlinge, weit weg in Südostasien, die in Floßen über das Meer trieben? Irgendwie, irgendwo kommen sie

doch an Land, ziehen in endlosen schwarzen schweigsamen Trecks auf unsere großen Städte zu, langsam, aber unaufhaltsam, und wenn man sie auf den Straßen an den Grenzen stoppen will, dann teilen sich die Ströme in eine Vielzahl kleiner Bäche, die heimlich durch die Wälder sickern. Sie sind nicht aufzuhalten. Und ich kann sie so gut verstehen, Paul. Sie wollen etwas von unserem Wohlstand. Schließlich haben wir ihnen da, wo sie lebten, ungebeten unsere Fernseher aufgedrängt, in denen sie uns plötzlich sehr gut sehen konnten. Schwarz auf weiß, und selbst in Bunt konnten sie erfahren, was sie sich gewiß in ihren wildesten Phantasien nicht ausgemalt hätten: was wir essen und trinken, wie wir uns anziehen, wieviel Platz wir haben, sie sahen unsere Autos und Häuser und Flugzeuge und Kühlschränke. Wir reisen in ihre Länder gut genährt, mit allem Komfort, nur zum Vergnügen, um ihre Armut zu bestaunen. Ist es verwunderlich, daß sie sich nun ihrerseits zu uns auf den Weg machen? Jetzt werden wir euch mal besuchen, Tourismus umgekehrt, jetzt segeln wir mal auf euren Flüssen und machen Safari in euren Städten und finden heraus, wie uns eure Küche schmeckt.
Sie sind schon unterwegs, von überallher, und es ist nur eine Frage der Zeit, wann sie ankommen. Warum nur, Paul, fühle ich mich in dieser Wohnung so viel weniger sicher als in unserem Haus? Weil hier nicht unser Platz ist. Da, wo wir hingehören, würden sie vielleicht mit sich reden lassen, wenn sie im Garten stehen, eines Tages.
Eines Tages, während wir in der Wohnküche am offenen Feuer sitzen, du lesend und ich vielleicht Pflaumen entsteinend, tauchen sie mit einmal in der Abenddämmerung vor dem großen Fenster auf, das auf die kleine Wiese mit den Obstbäumen geht, fünfzehn, zwanzig Leute, zumeist junge Männer mit schwarzem Haar und zerrissenen Hemden und sehr weißen Zähnen in ihren olivfarbenen Gesichtern. Aber

es sind auch halbe Kinder darunter, die die Nasen an der Fensterscheibe platt pressen, um besser hineinschauen zu können, und zwei, drei ausgemergelte Frauen mit Säuglingen an der Brust, obwohl sie so alt ausschauen, als könnten sie nicht die Mütter sein. Da können wir doch nicht einfach die Jalousien herunterlassen, Paul!
Sie stehen bewegungslos da und starren. Sie tun nichts als starren, mit einem hungrigen und anklagenden Blick, eine Ansammlung kohleschwarzer Augenpaare in der Dämmerung. Es hilft nichts, Paul, wir müssen jetzt rausgehen und mit ihnen reden, wir beide, jetzt sofort. Wir müssen ihnen erklären, wie wichtig dieses Haus für uns ist. Daß wir uns hierher gerettet haben, so wie sie sich jetzt zu retten versuchen – nur daß wir nicht vor Hunger und Krieg flohen. Es ist übrigens auch nur ein kleines Haus, zwei Zimmer und die Küche unten, drei kleine Zimmer und das Bad oben, es reicht gerade für uns beide und für unsere Tochter, wissen Sie. Aber sie lachen uns bloß aus, weil sie in einem solchen Haus mit riesiger Sippschaft unterkommen würden. Verstehen Sie bitte richtig, es reicht auf keinen Fall für uns und für Sie, für Sie alle, und deswegen ist es besser, wenn Sie weiterziehen und sich anderswo etwas Passenderes suchen. Glauben Sie, wir können uns vorstellen, wie Ihnen zumute sein muß, wir haben das früher auch erlebt im Krieg, heimatlos zu sein und auf der Flucht. Sie können auch gern einen Augenblick hereinkommen, um sich aufzuwärmen, wir werden Ihnen ein paar Brote schmieren für unterwegs, und Sie dürfen sich von den Äpfeln da draußen pflücken, so viel Sie möchten. Nur bitte, lassen Sie uns das Haus!
Wenn wir es Ihnen ganz ehrlich so sagen, wie es ist, könnte es dann nicht sein, daß sie uns in Frieden lassen und weiterziehen? Oder müßten wir ihnen klaglos alles überlassen und unsererseits fortgehen? Vielleicht sollten

wir nicht mehr so am Leben hängen. Es ist ohnehin alles nur eine Frage der Zeit. Wann sie kommen. Wann wir gehen.
Sie kommen, sagt die Stimme des Nachrichtensprechers. Die großen Flüchtlingsströme nähern sich weiterhin vom Osten und vom Süden her, unaufhaltsam; sie flüchten zu Tausenden vor Armut, Naturkatastrophen und Krieg. Und ich hatte gehofft, ich müßte das nicht noch einmal erleben, nicht noch einmal diese Bilder aus den letzten Monaten des Zweiten Weltkriegs. Da sind alte Leute, die kaum mehr humpeln können, doch die Angst treibt sie noch fünf oder acht Kilometer weiter, bevor sie endgültig zusammenbrechen. Junge Frauen, die Babys auf den Rücken gebunden, damit ihnen eine Hand mehr bleibt für den Kinderwagen, der mit Koffern und etwas Hausrat und Lebensmitteln beladen ist, übrigens überflüssiges Zeug, das meiste, das sie doch bald fortwerfen werden, und die Nahrungsvorräte schon verdorben, die sie mit sich schleppen. Während hinter ihnen Schüsse fallen. Am anderen Arm schleppen sie Kleinkinder mit sich, die keinen eigenen Schritt mehr tun können und es längst aufgegeben haben, zu weinen und zu schreien. Beängstigend stumme Kinder schleifen sie hinter sich her. Vielleicht sind einige von ihnen schon gestorben, womöglich zerren die Mütter auch tote Kinder mit sich und laufen doch immer weiter, den starren Blick geradeaus vor sich auf den Weg gerichtet. Sie kommen näher, sie sind bald da, erklärt die Stimme des Nachrichtensprechers mit düsterem Triumph. Sirenen, Fliegeralarm und die Detonationen der Bomben jetzt ganz nah.
Ist denn der Krieg immer noch nicht zu Ende?
»Bettgehzeit!«
Paul ist im Lehnstuhl neben mir eingeschlafen und dabei zu seiner kranken Seite hinübergesackt. Im Fernsehen sind die Nachrichten längst vorüber; sie bringen inzwischen einen Krimi, die übliche Verfolgungsjagd mit quietschenden

Bremsen, sich überschlagenden Autos, ein sinnloses Spektakel. Paul kümmert das nicht, wenn er schläft. Seine rechte Hand, über die Armlehne des Stuhls herabbaumelnd, fühlt sich kühl an, seine gelähmte Gesichtshälfte hängt schlaff herab. Wie traurig er jetzt aussieht. Ich muß wohl auch ein bißchen eingenickt sein.

»Zeit, ins Bett zu gehen, Paul!«

Das rufe ich nicht nur, um ihn zu wecken, sondern auch, um mich selber wachzuhalten. Es wäre nicht das erste Mal, daß wir mitten in der Nacht, steif und frierend, vor der tonlosen flimmernden Kiste aufwachen. Ich bin so müde, so abgrundmüde und traurig. Mußt du neuerdings auch öfter an den Krieg zurückdenken, Paul? Manchmal, wenn du im Schlaf stöhnst – träumst du dann vom Krieg oder der Gefangenschaft?

Ich weiß nicht, ob Paul mich gehört hat. Er schläft schon wieder.

VIII.

Heute muß ein guter Tag werden. Paul hat beim Anziehen gesungen, und meine Geranie, die einzige, die ich über den Winter gerettet habe, hat ihre ersten Knospen geöffnet. Paul hätte wohl gar nicht daran gedacht, wenn ich ihn nicht erinnert hätte; Daten sind inzwischen bedeutungslos für ihn. Aber als ich ihm sagte: »Heute vor zweiundvierzig Jahren haben wir geheiratet«, da lächelte er mich verschmitzt an und begann zu singen: »Heil sei dem Tag, an dem du uns erschienen ...« Zumindest versuchte er es; die Melodie war gut zu erraten.

Mir ist es wegen der Geranie eingefallen. Zum Hochzeitstag hatten wir uns damals zwei Blumenkästen mit Geranien geschenkt, für den Balkon der kleinen Zweizimmerwohnung, die noch kaum möbliert war. Eine Hochzeitsreise konnten wir uns nicht leisten, aber wir speisten an diesem Tag feierlich, feine kleine Delikatessen, zwischen den Geranienkästen auf dem Balkon, der so winzig war, daß wir nie beide zugleich aus den wackeligen Korbsesseln aufstehen konnten. Was wir aßen, habe ich vergessen, aber die Geranien habe ich behalten: Es war eine aufrechtstehende ziegelrote Sorte mit kräftigen Stengeln, und ich liebte den herben Geruch, den sie verströmten, wenn man sie an warmen Sommerabenden wässerte.

Wir heirateten, weil ich schwanger war. Erst als mein Bauch sich unübersehbar wölbte, ging es mit Pauls Scheidung voran.

Wo steckt nur das Fotoalbum? Ich würde mir gern noch

einmal die Bilder aus unserer ersten Zeit ansehen. Die mit Annie habe ich vor Jahren herausgerissen. Wäre es nicht schön, wenn wir sie uns heute gemeinsam anschauten, Paul, die alten Fotos von unseren ersten kleinen Ausflügen und den heimlichen Wochenenden zu Beginn unserer Liebe?
Verflixt! Wo ist denn dieses Album? Es müßte doch hier im Eckschrank aufbewahrt sein. Schnüffelt denn Ines schon in unseren privaten Papieren herum? Frau Feigel kann es doch nicht fortgenommen haben. Wie ich es hasse, immerfort nach tausend Dingen suchen zu müssen! Den halben Tag verbringt man mit Suchen, und wenn man es gefunden hat, hat man längst vergessen, wonach man suchte.
Nur keinen Ärger aufkommen lassen an einem Tag wie heute.
Ganz vorne, auf der ersten Seite, beginnt es mit dem Foto, das ich heimlich von Paul gemacht habe, vom Fenster der Bibliothek aus: Paul, wie er die Straße überquert, im Profil, ein wenig vornübergeneigt, mit seinem Bücherpaket unter dem Arm. Den Fotoapparat hatte ich mir von einer Freundin geborgt. Das war bald nach unserem ersten richtigen Gespräch.
Erinnerst du dich an unsere erste Begegnung, Paul? Erinnerst du dich so deutlich wie ich mich?
Wir haben später oft genug davon geredet: der Tag mit dem Sturm und dem großen Regen, und du mit dem Blütenstaub im Haar. – Hörst du mir überhaupt zu?
Paul hält lauschend den Kopf geneigt und beobachtet dabei eine Schar von Fliegen, die vor ihm auf der Tischplatte krabbeln, um die Frühstückskrümel bemüht. Er versucht, ein paar von ihnen zu erledigen, aber immer, wenn seine schwerfällige Hand sich nähert, fliegen sie auf und lassen sich anderswo nieder.
Es gibt zu viele Fliegen in dieser Wohnung. Ich habe es aufgegeben, nach dem Fotoalbum zu suchen.

Es war ein Junitag; die Linden blühten. Ich sehe noch den feingelben Blütenstaub vor mir, wie er durch die Straßen trieb, und die flüchtigen Muster, die die Verwehungen auf dem Bürgersteig bildeten. Du warst vorher schon ein paarmal in der Bibliothek gewesen und mir bald aufgefallen, weil du unsere Bestände so gründlich, Regal für Regal, mustertest: Philosophie, Theologie, Gesellschaftswissenschaften. Wer ist das, fragte ich mich, und was sucht er? Wir hatten nicht viel zu bieten, ein Großteil der Bücher war bei der Zerstörung des alten Büchereigebäudes in den letzten Kriegswochen verbrannt; wir waren noch dabei, die ärgsten Nazi-Pamphlete auszumustern, und für Neuanschaffungen war kein Geld da.

Es war ein heißer, schwüler Tag – genau wie heute, stimmt's? Aber Paul will sich anscheinend nicht erinnern. Er hat die Fliegenjagd aufgegeben und lehnt sich nun vornüber, um das Radio einzuschalten. Gewöhnlich schätze auch ich die klassische Musik, die das vierte Programm bringt, aber heute macht mich diese Geste traurig. Vielleicht ist es keine Frage des guten Willens – vielleicht kann er sich gar nicht mehr erinnern?

Ortega y Gassets »Aufstand der Massen« und Hermann Kasacks »Die Stadt hinter dem Strom« – das weißt du aber doch noch, oder? – Paul lächelt freundlich zu mir herüber. Er nickt. Das waren die Bücher, die er an diesem Tag in der Bibliothek auslieh.

Und das Gewitter? Und der große Regen? – Er nickt und nickt, freundlich – aber es scheint mir, als ob er seinen Kopf nur im Takt der Musik bewegt. Es hat keinen Sinn. Also stehe ich schwerfällig auf und gehe hinaus auf den Balkon, um mich allein weiterzuerinnern. Paul hinter mir gibt ein kleines Protestgeräusch von sich.

Seine Liebe zur Musik, die hat er sich wohl unbeschadet durch die Krankheit erhalten. Damals war er ein gutaussehender Mann, vielleicht ein bißchen zu mager. Er ging ein wenig vornübergebeugt, und sein dunkles Haar begann schon in den Vierzigern zu ergrauen, an den Schläfen, hinter den Ohren. Das gefiel mir, aber mehr noch gefiel mir sein nachdenkliches Wesen, sein abwesender Blick, wie er sich über den Tisch beugte und mir die Bücher zuschob, die er ausleihen wollte.

An dem denkwürdigen Tag war er der letzte Besucher in der Bibliothek. »Sie haben Blütenstaub im Haar«, sagte ich. »Stört es Sie?« fragte er verlegen.

»Im Gegenteil«, sagte ich und errötete. Während ich meine Sachen zusammenräumte, begann es draußen zu blitzen und zu donnern, und als ich vor die Tür trat, platzte der Himmel, und ein gewaltiger Regen schlug los. Die Linden bogen sich zu Boden, und die Straße schwamm.

Natürlich hatte ich keinen Schirm bei mir, und Paul, der mit seinen Büchern unter dem Vordach der Eingangshalle wartete, hatte ebenfalls keinen. So standen wir eine Weile schweigend nebeneinander und betrachteten die Bäume, die aufgeregt mit den Ästen ruderten, und die gelblich schäumenden Wasserbäche, die den Blütenstaub die Rinnsteine entlangfluteten und gurgelnd in den Gullis verschwanden. – Diesen Augenblick unseres Lebens kann er doch nicht vergessen haben!

Nachdem das Schweigen eine Beziehung zwischen uns hergestellt hatte, begannen wir, von Büchern zu reden. Ich verspürte das Bedürfnis, ihn vor der »Stadt hinter dem Strom« zu warnen, dem Roman, den er eben ausgeliehen hatte, vor der Trostlosigkeit, die dieses Buch ausstrahlt, denn ich hatte es gerade erst selber gelesen. Der Regen prügelte lang mit unverminderter Heftigkeit auf Bäume und Büsche ein. Als er endlich nachließ, wußte ich, daß Paul erst vor kurzem aus der russischen Kriegsgefangenschaft zurückgekehrt war und als freiberuflicher Journalist arbeitete. Er erzählte vom La-

ger, von Kohlsuppe und Hirsebrei, von den Mückenplagen und dem abrupten Wechsel der Jahreszeiten, von der unendlichen Weite der russischen Landschaft und seinen Schwierigkeiten, beruflich in der Heimat wieder Fuß zu fassen – nicht aber davon, daß er verheiratet und Vater einer neunjährigen Tochter sei. Das erfuhr ich erst bei unserem zweiten oder dritten Treffen, als es schon zu spät war.
Vielleicht verliebte ich mich in Paul, weil er so gut erzählen konnte. Es gab damals viele Spätheimkehrer, und man kannte ihre Geschichten auswendig. Paul war anders; weder spielte er den Helden, noch beklagte er die verlorenen Jahre; sie sind nicht vergeudet, wenn man sie als Lehrzeit begreift, sagte er. Er schien andere Dinge wahrgenommen und über mehr nachgedacht zu haben als die meisten anderen; er sprach zumindest anders über die Kriegsgefangenschaft, und seine Art zu reden war es, die mich für ihn einnahm, während wir dort standen, unter dem kleinen Vordach des Eingangs zur Bücherei, und in den Regen hinausschauten. Das Gewitter hatte die Straße von Menschen leer gefegt, und nur wenige Autos krochen vorsichtig dahin, als fürchteten sie, davongeschwemmt zu werden. Als der Regen sanfter wurde, verbreitete sich ein wunderbarer Geruch in der Luft, frischfeucht, erdig.
Es tut weh, den Paul von damals mit dem Paul von heute zu vergleichen. Daß wir gut und gern miteinander redeten, darauf war unsere Ehe gegründet. Mit Martha kann man keine Gespräche führen, klagte er; Essen, Trinken und das Geschäft ist alles, was sie interessiert. Ich hatte damals strenge Anschauungen über die Ehe und Gewissensbisse, mich mit einem verheirateten Mann einzulassen – noch dazu dem Vater eines kleinen Mädchens. Aber war denn Paul ein Vorwurf daraus zu machen, daß er aus dieser Ehe fortstrebte? Sie hatten 1939 übereilt geheiratet, wie so viele, bevor er eingezogen wurde; sie hatten kaum zusammengelebt und kann-

ten einander nur von den paar Heimaturlauben, als er nach fast zehnjähriger Abwesenheit zurückkehrte, ein Fremdling im eigenen Haus. Ich habe es versucht, erklärte er mir, ich habe versucht, sie zu verstehen und ihr zu vermitteln, wie mich diese Zeit verändert hat. Vergebens. Martha hatte sich wohl einen zupackenden, lebenstüchtigen Mann gewünscht, der wie sie im Geschäft ihrer Eltern mitarbeiten würde, und nicht einen, der sich immerfort absonderte und grübelnd über Büchern und Notizen saß. Da hat sie nun einen Mann im Haus, sagte Paul, komisch verzweifelt, äußerlich gesund und unversehrt, und er taugt doch zu nichts. Was mir an Paul besonders kostbar erschien, nannte Martha seine »Heimkehrerneurose«.

Wenn ich zurückdenke, war es eigentlich schon immer so, von Anfang an: Paul und ich waren anders als die anderen. Auch in den folgenden Jahren, als alle um das goldene Wirtschaftswunderkalb tanzten, als sie von nichts als Autos, Kleidern, Waschmaschinen, Sonntagsbraten und der Costa Brava sprachen, haben wir beiden nur von Büchern geredet.

Seit einer Weile klingelt im Wohnzimmer das Telefon. Eigentlich bin ich nicht in der Stimmung dranzugehen, aber Paul scheint neugierig zu sein: Er ruft mich, indem er das Radio abwechselnd sehr laut und sehr leise dreht. Es muß jetzt wohl schon zehnmal geläutet haben, nur Ines hat solche Ausdauer. Wenn ich nicht abnehme, steht sie womöglich eine Stunde später vor der Haustür, weil sie glaubt, es könnte uns etwas passiert sein. So ist sie nun einmal. Sie weiß, daß ich kaum mehr ausgehe.

»Ja?«

Einen Augenblick lang dachte ich, vielleicht will sie uns zum Hochzeitstag gratulieren. Aber wann hätte sie uns je dazu beglückwünscht? Nur nicht bitter werden, Elli, sie hat dich immerhin akzeptiert im Laufe der Jahrzehnte, sie hat aufgehört, in dir nur die Frau zu sehen, die ihren Vater gestohlen hat. Du solltest froh sein, daß sie dir zum Geburtstag gratuliert.

Ines ruft an, weil sie wissen will, wie es Paul geht.

»Gut. Wie immer.«

Ob es denn mit dem Rasseln beim Atmen besser geworden sei? Ich sage: »Etwas besser«, obwohl eher das Gegenteil der Fall ist. Sie schweigt mißtrauisch. Sie glaubt mir nicht. Dann rückt sie mit dem eigentlichen Zweck ihres Anrufs heraus: »Ich hätte gern, daß Dr. Racker sich das mal anguckt. Er will morgen oder übermorgen bei euch vorbeischauen, gegen Mittag, wenn er mit der Vormittagssprechstunde durch ist. Ist dir das recht?«

Was bleibt mir anderes übrig, als ja zu sagen? Sie organisiert solche Dinge, ohne sich vorher mit mir zu besprechen; sie glaubt mir einfach nicht, was ich ihr über Pauls Befinden erzähle. Ein schönes Hochzeitstagsgeschenk! Sie meint es aber doch nur gut, Elli, sie macht sich wirklich Sorgen um ihren Vater. Aber es wird immer ärger mit dieser Einmischerei!

»Wir würden uns auch freuen, wenn ihr nächste Woche zu Herberts Geburtstag kämt«, sagt Ines noch. »Wir würden euch holen und bringen, kein Problem.«

Ich bedanke mich abwesend für die Einladung und lege auf. Dann gehe ich in die Küche, um für Paul einen Brusttee zu kochen. Wir müssen sehen, daß wir diese Bronchitis wegkriegen, Lieber. Das Praktische, Lebenstüchtige hat deine Tochter von ihrer Mutter. Ines ist so viel nüchterner und langweiliger als Paul. Wie habe ich sie vor dreißig Jahren um ihr Hochschulstudium beneidet, das sie für ganz selbstverständlich zu halten schien! Für sie bedeutete es allerdings in erster Linie die Möglichkeit, einen besser bezahlten Beruf ergreifen zu können. Nur die materiellen Dinge interessieren sie, nicht die Ideen, die über sie hinausgehen.

IX.

Eines muß man Ines wirklich lassen: Sie ist ihrem Vater immer eine gute Tochter gewesen. Ich habe meine Mutter nicht zu mir genommen und mich wenig um sie gekümmert, als sie alt und wunderlich wurde. Dabei wäre durchaus genug Platz gewesen, wir hatten ja das Haus, Paul und ich. Aber nach Annies Tod wollte ich sie weniger als zuvor nah bei mir haben; ich wollte mit Paul allein sein. Der überließ mir, wie stets, die Entscheidung. Das mußt du wissen, sagte er, es ist deine Mutter. Sie war ja auch zum Glück nicht mutterseelenallein, ihre verheiratete Schwester lebte ganz in der Nähe und hat oft nach ihr gesehen, bis sie in das Heim eingeliefert werden mußte. Und das hätten wir schließlich auch nicht verhindern können, Paul und ich.

Paul kam im allgemeinen mit Mutter ganz gut zurecht, vielleicht weil er es verstand, höfliche Distanz zu halten. Sie wurde immer ein bißchen leiser in seiner Gegenwart, weniger schrill und vulgär, und sie verkniff es sich dann auch, unentwegt an mir herumzunörgeln. Auch versuchte sie nicht, sich hinter Pauls Rücken über ihn lustig zu machen, wie sie es früher bei Wilfried getan hatte. Ich hatte die Sache mit Paul wohlweislich vor ihr geheimgehalten, bis unser Hochzeitstermin feststand. An Wilfried, dem langjährigen Verlobten meiner frühen Jahre, hatte Mutter nie ein gutes Haar gelassen. Er hat eine Hühnerbrust, behauptete sie, und sie nannte ihn nur so: dein Wilfried mit der Hühnerbrust.

Es war einfacher, Paul vor ihr zu verstecken als Wilfried, weil ich nicht mehr bei ihr wohnte, als ich Paul kennen-

lernte. Mutter konnte zwar nicht begreifen, warum ich ein Dasein als möbliertes Fräulein dem Zusammenleben mit ihr vorzog, als ich die Bibliothekarinnenstelle in der Nachbarstadt angenommen hatte. Du kannst doch täglich mit dem Zug fahren wie andere Leute auch, sagte sie, und heiraten wirst du ja doch nicht mehr. Schon als ich ein Kind war, hat sie mir das gern prophezeit: Wer will schon eine Frau, die nichts als Bücher im Kopf hat, statt sich um ihren Haushalt zu kümmern!
Mutter hatte sich an das Zusammenleben mit mir gewöhnt. Sie brauchte einfach jemand um sich, den sie bevormunden konnte, und das war nun mal die längste Zeit ihres Lebens ich gewesen. All die Jahre meiner Kindheit waren wir zu zweit, dann hatte sie eine Weile eine richtige Familie, Erwin und Lisa, und nach dem Krieg fingen wir beide da wieder an, wo wir vor Erwin und Lisa aufgehört hatten. Lange genug hinderte mich mein schlechtes Gewissen daran, auf und davon zu gehen. Wäre ich bei ihr geblieben, hätte sie mir Paul mieszumachen versucht wie Jahre zuvor Wilfried.
Du solltest nicht so harsch über deine Mutter urteilen, mahnte Paul zu Beginn unserer Bekanntschaft manchmal sanft, schließlich hatte sie es damals nicht leicht, als ledige Mutter.
Als ob ich das nicht wüßte, Paul! Aber trotzdem hätte sie nicht all ihre Schwierigkeiten an mir auslassen müssen. Es war doch nicht meine Schuld, daß mein Vater sie sitzenließ.
Sie wird dich geliebt haben, auf ihre Art.
Lisa hat sie geliebt, nur Lisa. Als Lisa geboren wurde, habe ich gesehen, daß sie durchaus zu der Art von Liebe fähig war, nach der ich mich als Kind vergeblich sehnte. Und Erwin wurde von ihr immerhin gut umsorgt; sie war ihm dankbar dafür, daß er ihr zu guter Letzt doch noch den begehrten Status der Ehefrau verschaffte. Er war zwar nur ein Invalide, kriegsversehrt, aber – ein Bein oder zwei – er war

ein Ehemann. Mit mir war es immer nur eine Notgemeinschaft, in den Jahren meiner Kindheit genau wie nach dem Krieg.
Bist du da nicht ein bißchen ungerecht, Elli?
Ach, du hast ja keine Ahnung, wie ich mich bemüht habe, ihr zu gefallen. Jahrelang habe ich mich angestrengt. Aber mein Beruf beeindruckte sie später ebensowenig wie früher meine guten Schulleistungen. Bücher bedeuteten ihr nichts, ich glaube, ich habe sie nie eines zur Hand nehmen sehen, nur illustrierte Zeitschriften. Wenn Männer gebildet waren, hat sie das immer ungeheuer beeindruckt; sie hing an Pauls Lippen, wenn er dozierte, und widersprach ihm nie. Aber das, was ich wußte, galt ihr nur als »angelesenes Halbwissen« und blieb dem, was sie ihren »gesunden Menschenverstand« nannte, stets unterlegen.
Sie machte sich auch nichts aus Blumen.
Nun hör aber auf, Elli, das ist doch kein Verbrechen!
Ich glaube, die einzigen Blumen, die sie kannte, waren Rosen. Vielleicht noch Flieder, aber nur, wenn er blühte. Sie war eine Großstadtpflanze, die Eichen und Buchen verwechselte, wenn sie gerade keine Blätter hatten. Früher bedeutete die Natur mir lange nicht so viel wie heute, aber ein gewisses Interesse am Wachsen und Blühen, an allem Lebendigen, besaß ich immer schon. Das mußt du von deinem Vater haben, stellte sie amüsiert fest, der war auch ein Blumennarr. Nichts als Flausen im Kopf und sich dann im entscheidenden Augenblick vor der Verantwortung drücken. Mit Blumen verband sie nur die Unzuverlässigkeit der Männer.
Sicher, sie war eine etwas schwierige Frau ...
Etwas? Sie vertrieb all meine Freundinnen mit ihrer scharfen Zunge. Und sie schämte sich, meine Mutter zu sein.
Weil sie noch so jung war, erst neunzehn, als du geboren wurdest, und dann die Schande, man ließ sie fühlen, daß sie ein gefallenes Mädchen war.

Ich glaube, ich war ihr einfach nicht ansehnlich genug. Auf der Straße ließ sie mich ein paar Schritte hinterherlaufen, als gehörte ich nicht zu ihr. »Was hast du für eine hübsche große Schwester«, sagten manchmal fremde Leute im Vorbeigehen zu mir, und du wirst es nicht glauben, meine Mutter lächelte dann selbstgefällig und beeilte sich keineswegs, die Dinge richtigzustellen. Ich war bestimmt nicht hübsch, ich sah nie niedlich und adrett aus in den Kleidchen, die sie mir anzog.
Sie besorgte dir immerhin hübsche Kleider.
Sie wollte mich ausstaffieren wie ein Äffchen, aber es gelang ihr nie. Später konnte sie dieses Bedürfnis nach Herzenslust bei Lisa befriedigen. Vielleicht hätte ich die Schande meiner unehelichen Geburt wiedergutmachen können, indem ich ein Junge geworden wäre, und wenn schon nur ein Mädchen, dann wenigstens ein niedliches. Das war ich aber nicht. Ich war ihr nicht brav, nicht ordentlich, nicht anstellig genug. Später wurde ich dann auch widerborstig, mürrisch und weigerte mich, im Haushalt zu helfen, saß lieber über meinen Büchern.
Und das Theater, das sie veranstaltete, als ich anfing, mit Wilfried auszugehen! Früher hatte es immer geheißen: Na, bei dir muß man wenigstens keine Angst haben, daß du dich zu früh mit Männern einläßt, so wie du rumläufst, und nichts als Bücher im Kopf! Kaum war Wilfried ein- oder zweimal zu Besuch gekommen, hieß es schon: Untersteh dich, mir mit einem Kind nach Hause zu kommen! Wenn ich abends später als neun Uhr zurückkam, unterzog sie mich einem regelrechten Verhör: Wo wart ihr? Das Konzert ist schon seit einer Stunde zu Ende! Denk dir bessere Lügen aus, wenn du deine Mutter reinlegen willst. Die verklemmten Mädchen sind die schlimmsten, klagte sie, die lassen sich sofort von jedem Mann aufs Kreuz legen.
So redete sie mit mir, in diesem Ton! – Ich sage dir, die Männer wollen nur das eine, auch dein Wilfried mit der Hühner-

brust und dem treuen Dackelblick bildet da keine Ausnahme, erzähl du Küken mir doch nichts über die Männer.
Sie wollte mir einfach nicht glauben, daß wir wirklich nur ins Kino oder spazierengingen und schüchtern dabei Händchen hielten – für sie zog es offenbar jedes Paar sofort in die Büsche.
Das war ihre eigene schlimme Erfahrung, mußt du doch verstehen.
Jedenfalls hatte sie keinen Grund, so grob zu Wilfried zu sein. »Dein Wilfried mit der Hühnerbrust.« Ich bildete mir ja gar nicht ein, daß er ein schöner Mann war. Ich redete mir auch keineswegs eine leidenschaftliche Liebe für ihn ein. Aber immerhin war er nett, zuverlässig und wohlerzogen, jedenfalls machte er mir keine Angst wie die meisten Männer. Wir tauschten Kinderküsse, und im letzten Jahr unserer Verlobung haben wir unter größter Vorsicht zweimal miteinander geschlafen, als wir dachten, daß unsere Hochzeit in Kürze bevorstände. Wilfried arbeitete bei der Post, und wir wollten heiraten, wenn er befördert würde.
Aber als es soweit war, war sein Gesundheitszeugnis nicht in Ordnung. Er hatte mir verschwiegen, daß er Tuberkulose hatte, und 1936 hatten sie dieses neue Gesetz erlassen gegen »erbkranken Nachwuchs«. Wir bekamen keine Heiratserlaubnis, und ich habe mich dann von ihm getrennt. Das war schrecklich, nicht nur für ihn, ich kam mir auch sehr gemein vor, aber ich wollte so gern Kinder. Das Gemeine war, daß seine Tb schon lange ausgeheilt war – so behauptete er jedenfalls. Vielleicht wäre sie gar nicht erblich gewesen.
Ich habe dir ja gleich gesagt, laß die Finger von dem Kümmerling, sagte Mutter. Sie sah mich als alte Jungfer, wie gehabt, und daran änderte sich auch in den nächsten Jahren nichts, weil ich keinen Gefallen an den kurzen Abenteuern hatte, die sich während des Kriegs boten, wo ich bald hier und bald da eingesetzt wurde.

Als ich dir begegnete, Paul, hatte ich mich damit abgefunden, eine alleinstehende Frau zu bleiben. Aber nicht wie meine Mutter, so wollte ich nicht sein. Ich liebte meinen Beruf. Ich hätte niemals irgendeinen Mann geheiratet wie sie, nur um verheiratet zu sein. Auf jemand wie dich hatte ich nicht mehr zu hoffen gewagt. Du warst das Beste, das mir jemals begegnet ist.

Jetzt schmeichelst du, Elli.

Nein, Paul, du weißt, daß es wahr ist. Und als wir Annie hatten, schien es das vollkommene Glück. Vielleicht war es zu gut, um zu dauern. Mutter hat mir in all den Jahren die Sache mit Lisa nachgetragen.

Wir wollen jetzt nicht von Lisa reden.

Du weißt, daß ich an Lisa gehangen habe. Ich habe sie herumgetragen, als sie ein Baby war, ich habe auf sie aufgepaßt, mit ihr gespielt, jahrelang, ihr bei den Schularbeiten geholfen, alles. Du weißt, daß es nicht meine Schuld war.

Es war nicht deine Schuld. Aber wir wollen jetzt nicht von Lisa reden.

Ja, du hast recht, wir wollen an das Schöne denken. An einem Frühsommertag wie heute, Blüten in allen Farben und das geschäftige Summen der Insekten.

Manchmal ist es so viel einfacher und schöner, Gespräche mit Paul zu führen, wenn ich allein auf dem Balkon zwischen meinen Blumen sitze.

Ich versuche, die Stimmen der Vögel wahrzunehmen, die in den Baumkronen der Hintergärten zwitschern müßten, aber sie dringen nicht mehr zu mir durch das gedämpfte Verkehrsrauschen der benachbarten Hauptstraße. Sind meine Ohren schlechter, oder ist der Verkehr lauter geworden? Wir können noch von Glück sagen, daß wir hier in einer Nebenstraße wohnen.

Es schellt dreimal kurz; das sind Christoph und Carsten

mit dem Mittagessen. Ich muß mich sputen, daß ich zur Tür komme. Wie schnell die Tage verfliegen!
Paul sitzt schnarchend neben dem tönenden Radio. Wenn er im Sitzen einschläft, lockert sich der obere Teil seiner Zahnprothese, der nicht mehr gut angepaßt ist, und er bleckt einen Satz viel zu langer weißer Zähne und ein Stück rosigen künstlichen Gaumens. Das ist ein fremder Anblick, der mir angst macht.
Ich rüttle ihn im Vorbeigehen: »Aufwachen, Paul, die Jungs mit dem Essen sind da!«

X.

Immer auf der Flucht, immer in Unruhe und Angst. Zwischen händeringenden, hin und her rennenden Menschen schleppe ich zwei große Reisetaschen, eine rechts, eine links, eine schwerer als die andere. Wie soll ich bloß vorankommen mit so viel Ballast? Ich hocke mich an den Straßenrand, um neu zu sortieren, kippe den Inhalt der Taschen einfach in den Dreck. Das kann man doch nicht alles mitnehmen! Von irgendwoher kommt hüpfend und springend ein Ball, der die Böschung hinabschießt, und jetzt erst bemerke ich den tiefen Abgrund neben der Straße, eine schwarze bodenlose Schlucht. Schon gerät eine meiner Taschen ins Rutschen, o Gott, es ist die mit dem wichtigen Gepäck! Ich kann sie nicht halten, kann nicht hinterher.

Ich bin so müde, daß ich umfallen könnte, schlafen, nur schlafen, aber ich darf nicht, es kommt auf Minuten an, also hoch und weiter. Ich schleife die schweren Taschen – es sind jetzt wieder zwei – über den Boden. Als es in der einen zappelt, fällt mir ein, daß Lisa darin schläft, Lisa, meine kleine Schwester. Oder gar Paul? Warum laufen sie eigentlich nicht selber? Tut mir leid, Paul. Wenn wir nur endlich da wären! Jetzt erinnere ich mich auch, daß wir zu unserem Haus unterwegs sind, aus der Stadt zurück in unser Haus, es kann nicht mehr weit sein. Durch einen Wald haste ich, dunkelfeuchtes Unterholz, braune Schlingpflanzen, die von oben auf mich herunterhängen und von allen Seiten nach mir greifen. Es ist unheimlich still hier, nach dem Menschengedränge, dem Geschrei und dem Schlachtenlärm. Aber so

schwerer, kaum begehbarer Boden. Steh doch auf, Paul, und lauf selber, nur das kleine Stückchen noch, dann sind wir in Sicherheit. Wo bist du denn? Auf einmal sind meine Taschen fort. Ich muß sie irgendwo stehengelassen haben. Aber ich hatte sie doch keine Minute aus den Augen gelassen! Ich möchte weinen, schreien, es gelingt mir nicht. Wo wir schon so nah beim Haus sind. Ich kann mich doch nicht ohne Paul in Sicherheit bringen. Paul! Wo bist du, Paul?
Ich fasse nach der anderen Seite des Bettes hinüber, während ich mich langsam an die Oberfläche des Traumes kämpfe. Paul! Noch mit geschlossenen Augen fühle ich seinen mageren Hüftknochen, seinen eingefallenen, warmen Bauch. Gott sei Dank! Ich will nicht wieder einschlafen. Doch schon wird mein Arm schwer, und ich sinke zurück ins Schwarze. Muß weiter durch den Wald hasten, falle, raffe mich wieder auf. Wieviel Stolperwurzeln gibt es im Unterholz! Haken schlagen wie ein Hase. Etwas ist hinter mir her, etwas Schreckliches, mir dicht auf den Fersen, die klebrigen Umarmungen der Schlingpflanzen hindern meinen Lauf, auch der morastige Grund, der schmatzt, wenn ich ihm die Füße zu entreißen versuche. Ich komme kaum voran, dabei die Angst, die unerträgliche Angst.
Doch plötzlich öffnet sich die Lichtung. Plötzlich stehe ich vor unserem Haus. Das Fenster von Pauls Arbeitszimmer ist erleuchtet. Paul ist zu Hause. Alles wird gut.
Aber warum sind die Zimmer so verändert? Im Treppenhaus hängen Bilder, die ich nie zuvor gesehen habe, Porträts fremder Menschen starren mich an. Das Wohnzimmer ist nicht möbliert, nackte Böden, kahle Wände, obwohl ein Feuer im Kamin züngelt. Der rote Vorhang schwankt von einem Luftzug am Fenster, sachte. In der Küche dampft auf der offenen Gasflamme ein Topf, als hätte ihn gerade erst jemand aufgesetzt. Ich laufe in panischer Furcht die Treppe hoch. Paul? Leere Zimmer, fremde Zimmer – nein, das ist

Pauls Arbeitszimmer, der Schreibtischstuhl zurückgestoßen von der sorgfältig aufgeräumten Arbeitsfläche. Wo ist Paul? Das, vor dem ich Angst habe, ist nicht draußen, sondern hier drinnen, im Haus. Im Keller, wo ich noch nicht nachgeschaut habe. Und ich steige sehr langsam die Treppe hinab, Stufe für Stufe, ich will gar nicht, aber es saugt mich hinab. Irgendwo im Haus schrillt das Telefon. Ich weiß: Am dunklen Fuß der Kellertreppe wartet das Unaussprechliche auf mich, hinter der großen Holztür mit den eisernen Beschlägen, die jetzt langsam aufschwingt. Nein!

Ich erwache von meinem eigenen Schrei. Glücklicherweise werde ich wach, bevor ich sehen muß, wovor ich so schreckliche Angst habe. Ich krabbele zu Paul hinüber, der bei alldem geschlafen hat, und sein rasselndes Schnarchen klingt jetzt so tröstlich. Die bleierne Angst sitzt mir noch in den Knochen.

Aber das Klingeln des Telefons ist wirklich, nicht Traum. Es hat kurz innegehalten und setzt nun wieder ein, zweimal, dreimal, viermal, sechsmal, achtmal. Ende. Wer läutet so verrückt, mitten in der Nacht? Ich habe keine Ahnung, wieviel Uhr es ist, doch ich muß wohl hin. Wenn es Ines ist, wird sie wieder läuten. Es ist immer Ines, und sie läßt nicht locker. Bitte schön: Da geht es wieder los. Ich rappele mich auf, suche mein Gleichgewicht und taste mich durchs Schlafzimmer.

»Ja?«

Es ist die Sprechstundenhilfe von Dr. Racker. »Sie haben wohl einen kleinen Mittagsschlaf gehalten«, sagt sie liebenswürdig, weil ich so lange brauche, mich zu besinnen. »Ihre Tochter hat mir gleich gesagt, ich sollte es zwei-, dreimal versuchen. Herr Doktor würde nämlich jetzt gern nach Ihrem Mann schauen, wenn es Ihnen recht ist. In einer halben Stunde etwa.«

Du meine Güte! Wie soll ich bloß bis dahin Tritt fassen?

»Wie? Was? Du meine Güte. Ja, natürlich.«
Paul ist noch im Schlafanzug. Er liegt im Bett. Die Betten sind nicht gemacht. Ich bin auch nicht richtig angezogen – ja, was habe ich da überhaupt an? Die verbeulte braune Hose fürs Haus. Im Schlafzimmer fliegt alles mögliche herum, und im Wohnzimmer schaut es nicht besser aus. Frau Feigel war eben seit zwei oder drei Tagen nicht hier. »Sie müssen entschuldigen, Herr Doktor, meine Putzhilfe ist ausgeblieben.« Man sollte ihm wohl Tee oder Kaffee anbieten. Erst mal Wasser aufsetzen. Paul kann ruhig im Schlafanzug bleiben; es ist schließlich ein Krankenbesuch. Womit fange ich bloß an? Die Bettwäsche wird er wohl bei dem Schummerlicht nicht näher besehen. Wenigstens ein neues Laken? Erst mal meine gute Hose überziehen, ich kann ihn schließlich nicht in der Unterwäsche empfangen, und dazu die weiße Bluse, die Frau Feigel von der Reinigung geholt hat. Paul ein bißchen frisieren. Bei all dem Trubel ist er erst jetzt wach geworden; er sieht mich verständnislos an. »Dr. Racker kommt, Paul, jeden Augenblick kann er hier sein. Meine Güte, deine Haare sind wirklich viel zu lang. Bitte, sei nicht so lethargisch, mach einen guten Eindruck, sonst kommt er noch auf Gedanken.« Ich drücke ihm mein Kopfkissen zusätzlich in den Rücken, damit er aufrecht sitzt und nicht gleich wieder einschläft. Nun erst einmal die Bluse zuknöpfen. Aber diese Strümpfe, dunkle Wollstrümpfe, sie passen doch gar nicht zu der Hose! Und dann in Hauspantoffeln! Da schellt es schon.
Es hat geschellt, Elli! Mach ihm schon auf, Frau Langsam! Erst noch die schmutzige Wäsche in den Schrank geworfen, ein Schubfach klemmt, und dann so rasch es geht zur Tür gehumpelt. Bitte, nimm dich jetzt zusammen, Elli, eine halbe Stunde wirst du es ja wohl schaffen! Während ich öffne, pfeift sich in der Küche der Wasserkessel die Seele aus dem Leib. Sei still, Kreatur, keine Zeit jetzt, er pfeift, gur-

gelt, verschluckt sich und spuckt den Pfeifenaufsatz zornig von sich. Der Doktor kommt nicht mit dem Aufzug, sondern springt die Treppe hoch, zwei Stufen auf einmal. Er ist noch jung, trägt noch immer dieses Kindergesicht auf zu hohem Rumpf.
»Guten Tag, Frau Huysmann, wie geht es denn?«
Ist etwas nicht in Ordnung mit mir? Sein Blick, freundlich zwar, scheinbar flüchtig, hat etwas Musterndes. Er erwartet doch nicht etwa, daß sich eine alte Frau für ihn frisiert und anmalt? Wenn ich nicht so aufgeregt wäre, könnte mich dieser Gedanke fast kichern machen. Ich habe nur rasch das blaue Seidentuch umgelegt, weil ich nicht mehr dazu gekommen bin, die Blusenknöpfe sämtlich zu schließen, dieses langweilige Gepfriemel mit den steifen Fingern.
»Darf ich hereinkommen?«
»O ja, selbstverständlich.« Ohne es zu wollen, habe ich ihm den Eingang verstellt.
»Bitte, Sie können gern hier ablegen«, sage ich in der Diele zu ihm und bemerke erst dann, daß er weder Mantel noch Jacke trägt, nur sein Arztköfferchen. Er wird mich für verhuscht halten. »Wünschen Sie Tee oder Kaffee?«
»Danke, weder noch, Frau Huysmann. Ich möchte nur nach unserem Patienten schauen. Wo ist er denn?«
»Hier herüber, wenn ich bitten darf.«
»Es ist dunkel bei Ihnen«, bemerkt er, als er über irgend etwas im Flur stolpert. Ich glaube, eine Schublade der Wäschekommode war nicht ordentlich geschlossen. »Haben Sie überall die Jalousien herunter?« Mein Herz rast, ich bin ganz verstört. Ich muß mich jetzt sehr zusammennehmen. Warum habe ich nur so lange geschlafen?
Paul ist zum Glück noch wach und lächelt Doktor Racker entgegen; möglich, daß er ihn sogar erkennt, obwohl er heutzutage kein gutes Gedächtnis mehr für Menschen hat, die ihm nicht wichtig sind. Der Doktor schaut sich verstoh-

len im Schlafzimmer um, während er Paul die Hand reicht. »Würden Sie so freundlich sein, die Vorhänge zu öffnen? Ich brauche mehr Licht.«
Er steht mit schräg geneigtem Kopf und scheint zu schnuppern, wie schon eben in der Diele, wo seit zwei (oder drei?) Tagen die Mülltüten stehen, die Frau Feigel nicht heruntergebracht hat, weil sie nicht da war. Hier ist es vielleicht der Korb mit der schmutzigen Wäsche in der Ecke. Der Doktor hat ein feines Näschen. Wie gut, daß Ines nicht zugegen ist. Das frische Laken, das ich eben aus dem Schrank gezerrt hatte, als es schellte, liegt zur Hälfte auf dem Boden, zur anderen Hälfte auf dem Fußende von Pauls Bett. Nach einigem Zögern entscheidet sich Dr. Racker, seinen Arztkoffer darauf abzusetzen, weil die Stühle im Raum mit verschiedenen Gegenständen belegt sind.
»Dann wollen wir mal schauen.« Seine Munterkeit klingt aufgesetzt. Als ich die Vorhänge beiseite ziehe, bemerke auch ich einen sonderbaren Geruch. Es muß die Schale mit den verfaulten Apfelsinen sein, die Frau Feigel irgendwann für Paul auf die Fensterbank gestellt hatte. Denn das Brot mit dem vertrockneten Schmierkäse kann nicht so stinken. Und gleich fällt mir auf, daß die beiden Kakteen hinter den zugezogenen Vorhängen seit Ewigkeiten nicht gegossen worden sind. Entschuldigt, meine Lieben, ich habe euch vergessen – aber bedenkt, daß es manchmal auch in der Wüste monatelang nicht regnet! Mit der Jalousie habe ich große Schwierigkeiten; sie hakt an einer Stelle und ist auch sonst nur schwer zu bewegen. Deswegen lasse ich sie ja meist geschlossen. Aber ich muß verhindern, daß mir der Doktor zu Hilfe kommt. Mit verbissener Kraft schaffe ich es.
Er beachtet mich gar nicht, sondern hört unterdessen Paul mit dem Stethoskop ab. »Ihre Tochter sagt, Sie hätten Schmerzen beim Atmen? Atemnot?« Paul schaut fragend zu mir herüber, und ich, hinter Rackers Rücken, schüttele böse

den Kopf. Ines, immer diese Ines, was die uns einbrockt! Also schüttelt Paul ebenfalls den Kopf.
»Keine wirklichen Beschwerden«, antworte ich für ihn, »nur eben manchmal dieses Rasseln, aber nur ein bißchen. Er hat auch keine Schluckbeschwerden. Er ißt gut. Er schläft gut.« Vielleicht etwas zu viel.
»Hmmhh.« Rackers Ton klingt zweifelnd, vielleicht hat er mir auch gar nicht zugehört. Dann hört er auf, an Pauls Oberkörper herumzutasten. »Danke, Herr Huysmann, das war's schon.« Und zu mir, ohne mich dabei anzuschauen: »Sie können ruhig das Fenster öffnen. Ein bißchen frische Luft wird Ihrem Mann nur guttun.«
Gehorsam öffne ich das Fenster. Die fauligen Orangen habe ich erst einmal weiter in die Ecke geschoben.
»Frau Huysmann«, sagt der Doktor zu mir, weil Paul schon wieder schläfrig wirkt, »ich würde Ihren Mann gern röntgen lassen, und zwei, drei weitere kleine Untersuchungen sollten auch noch angestellt werden.«
Dieser Doktor ist nicht unfreundlich, er gibt sich Mühe, aber er ist zu jung für uns. Natürlich ist es nicht seine Schuld, daß er Paul erst als Wrack kennengelernt hat, aber ebenso natürlich ist es, daß ich ihm nie so vertrauen kann wie dem alten Dr. Weyerling, den wir früher auf dem Land hatten. Dr. Weyerling, der mit uns Tee trank und mit Paul über den Untergang des Abendlandes bzw. die Zukunft des westlichen Europas diskutierte – was für ihn ein und dasselbe war –, bevor er Paul untersuchte. Weyerling war an allem interessiert, was Paul sagte, dachte und schrieb. »Niemand kann so wie Ihr Mann den großen Bogen von zweitausend vor bis zweitausend nach Christus ziehen, gnädige Frau«, sagte er oft vergnügt zu mir, »eigentlich schade, daß er mich so selten braucht.« Diesen hier, den Dr. Racker, hat Ines uns besorgt, nachdem der alte Weyerling noch vor Paul einen Schlaganfall erlitten hatte, von dem er sich, anders als Paul,

nie mehr erholte. Er starb bald darauf. Dr. Racker bin ich zu Dank verpflichtet, weil er mir damals ausführlich erklärt hat, daß ein Schlaganfall das Wesen eines Menschen vorübergehend völlig verändern kann, daß er auch heitere Menschen düster und weinerlich macht, daß aber im allgemeinen nach einiger Zeit ihre wahre Natur wieder zum Vorschein kommt. Wie hätte ich ohne diese Hoffnung die ersten Wochen und Monate überlebt? Aber eben weil Dr. Rackers Auftreten mit diesem traurigen Ereignis verbunden ist, kann ich ihn auch nicht besonders mögen.

Jetzt wirkt er unruhig. Er hat seine Sachen zusammengepackt, er möchte fort.

»Wenn Sie die Untersuchungen nicht hier vornehmen können, wird uns unsere Tochter sicher zur Praxis bringen«, erkläre ich ihm. Es ist schrecklich lästig, aber ich weiß, daß Ines nicht lockerlassen wird, wenn der Arzt es so will. Wofür sie bloß immer so viel untersuchen müssen – für nichts als ein paar Zahlen auf der Karteikarte!

»O nein«, antwortet er abwesend, während wir hinaus in die Diele gehen, »diese Untersuchungen kann ich nicht in meiner Praxis durchführen. Wir müssen Ihren Mann für ein paar Tage ins Vinzenz-Krankenhaus schicken.«

Krankenhaus? Um mich her flammen Alarmzeichen auf, eine rote und dann eine schwarze Blutwelle steigt in mir hoch. Ich muß mich an der Kommode festhalten, weil mir auf einmal ganz sonderbar wird. Niemals Krankenhaus. Das haben Paul und ich uns in den letzten Jahren wieder und wieder versprochen. Spürte ich es nicht die ganze Zeit, wie hinter dem Babygesicht des Doktors eine große Gefahr lauerte?

»Nein«, sage ich mit einer fremden, rauhen Stimme, »ins Krankenhaus kommt mein Mann nicht.«

Dr. Racker hat die Türklinke schon in der Hand. Nun dreht er sich verwundert nach dieser Stimme, nach mir um. »Doch nur für ein paar Tage, Frau Huysmann.«

»Egal. Ich will es nicht.«
Nur ruhig bleiben, Elli! Dieses heisere fremde Krächzen unter Kontrolle behalten!
Er betrachtet mich aufmerksam, wie einen obskuren Fall. Zum ersten Mal heute schaut er mir direkt ins Gesicht, dann verlagert sich sein Blick gleich wieder auf einen Punkt oberhalb meiner rechten Schulter, als spräche er mit einer wesentlich größeren Person, die hinter mir steht. »Es ist sicher lästig für Sie, Frau Huysmann, das verstehe ich. Aber wir müssen die Medikamente neu einstellen, und Sie wollen doch nicht, daß sich bei ihm etwas in der Lunge festsetzt?«
»Kein Krankenhaus.«
Unschlüssig, was er tun soll, legt er seine Pranke auf meine Schulter, zieht sie aber dann rasch wieder fort, bevor ich sie abschütteln kann. »Vielleicht besprechen Sie das erst einmal in Ruhe mit Ihrer Tochter. Ich bin sicher, Sie wollen das Beste für Ihren Mann.«
Diese Heuchelei, diese Verlogenheit, diese schleichende Entmündigung! »Wir wollen doch nur dein Bestes.« Da gibt es nichts zu bereden, mein Lieber. Fast hätte ich laut triumphiert, als er im Abgang über die unvermeidliche Teppichkante stolpert. »Gefährlich, das!« Von mir aus hätte er ruhig auf die Nase fallen können.
»Auf Wiedersehen, Frau Huysmann. Wir hören dann voneinander.«
Als ich die Tür hinter ihm verschlossen und verriegelt habe, lasse ich mich auf einen Stuhl neben der Garderobe fallen. Was sollen wir jetzt bloß machen, Paul. Der blaue Seidenschal über meiner Bluse ist verrutscht. Vielleicht erst einmal einen Schluck Kirschwasser. Wir haben doch gesagt: Niemals werden wir es zulassen, daß einer von uns fortgeholt wird. Du mußt kämpfen, Elli. Tapfere Elli, sagt Paul, du wirst es schon schaffen. Er verläßt sich auf mich.
Da sitze ich lange Zeit wie besinnungslos, habe nicht einmal

die Kraft, bis zum Balkon zu gehen, um die Dinge dort in meinem Blumengarten in Ruhe zu überdenken. Dann fallen mir die verdurstenden Kakteen hinter dem Schlafzimmervorhang ein. Die müssen als erstes dringend gegossen werden. Paul schläft längst wieder.

Zum Glück habe ich an die Kakteen gedacht. Denn zum Wasserholen muß ich in die Küche, und dort riecht es scheußlich nach verbranntem Gummi. Wieso eigentlich Gummi? Das Teewasser muß schon lange verdampft sein, der Kessel steht schwarz und stinkend auf der rotglühenden Platte.

XI.

Ich bin nicht sicher, Ines, ob wir zu Herberts Geburtstag kommen können.
Das ist doch nicht dein Ernst, Elli! würde Ines antworten. Warum solltet ihr denn nicht kommen können?
Oh, da gäbe es hundert Gründe, meine Liebe. Nenn mir nur einen, der mich überzeugt. Weil es Paul nicht gutgeht, deswegen. Ach, sieh mal an! Hast du nicht Dr. Racker erzählt, ihm fehle weiter nichts? Hast du nicht sogar behauptet, sein Appetit sei gut, obwohl er seit einiger Zeit kaum ißt? Die Sache mit dem Krankenhaus regt ihn eben schrecklich auf. Dich regt sie auf, Elli, immer bei der Wahrheit bleiben; für ihn ist sie anscheinend nicht ganz so fürchterlich. Ich habe keine Ahnung, wie wir zu euch kommen sollen: Paul hat schon seit Monaten keinen Ausflug unternommen. Das war doch längst geklärt, ich hole euch mit dem Wagen. Wo er doch kaum mehr stehen kann, wie soll er da durchs Treppenhaus und bis zum Auto kommen? Ich bringe Jörg und Anja mit, zu dritt schaffen wir das schon. Im übrigen wollen wir für diesen Tag einen Rollstuhl beim Sanitätshaus Fritz ausleihen; da kann Vater dann sogar am Spaziergang teilnehmen. Wenn wir aber doch nichts anzuziehen haben, Paul und ich! Mach keine Witze, Elli! Wahrscheinlich sind in Pauls dunkelblauem Anzug längst die Motten, und mir ist der seidene Hosenanzug inzwischen viel zu weit, da sehe ich wie eine Vogelscheuche aus. Ich fühle mich auch wie eine Vogelscheuche. Frau Feigel wird bei dem Geld, das sie bekommt, wohl imstande sein, irgend etwas Passendes in eu-

rem Kleiderschrank zu finden, oder? Sonst muß ich einen Nachmittag zum Aufräumen vorbeikommen; eure Garderobe steht ohnehin seit einiger Zeit auf meinem Programm. Das ist eine Drohung. Im übrigen handelt es sich um einen Familiengeburtstag und keinen Staatsempfang, ihr könnt also anziehen, was ihr wollt. Dein Gesicht möchte ich sehen, wenn ich käme, wie ich wollte – mal abgesehen davon, daß ich gar nicht kommen würde, wenn es nach mir ginge. Du hast vergessen, das Wetter als Hinderungsgrund anzuführen, Elli, es könnte ja sein, daß es zu kalt oder zu heiß ist, daß Stürme oder Wolkenbrüche oder ein Gewitter einen Strich durch die Rechnung machen.
Es ärgert mich, daß nach meinem gesundheitlichen Befinden in diesem Zusammenhang überhaupt nie gefragt wird. Auch ich werde älter, Ines, mir tut der Rücken weh, ich habe zunehmend Schwierigkeiten mit den Knien, ich fühle mich ständig müde und erschöpft, aber danach fragt keiner. Nein, Elli, denn du bist stark und zäh. Außerdem geht es hier nicht um eine Reise nach Australien, sondern um einen Nachmittagsausflug, eine halbstündige Autofahrt, Kaffee und Kuchen, ein kleiner Spaziergang oder auch nicht, dann Abendessen und noch am selben Tag wieder zurück. Paul verträgt so viele Menschen nicht mehr. Wieso viele? Es kommt doch nur die Familie, die Verwandtschaft und eine Handvoll Freunde, die ihr weitgehend kennt, nicht zu vergleichen mit dem Menschenauflauf bei Vaters 75. Geburtstag. Aber das ist lange her, da war Paul noch gesund. Wir würden ja auch nicht auf die Idee kommen, seinen 85. Geburtstag groß zu feiern. Was sollen wir da einen solchen Aufstand um Herberts fünfundfünfzig Jahre machen.
Elli! Meine Mutter ist tot, also will ich wenigstens meinen Vater bei Familienfesten dabeihaben, solange es noch geht. Und er möchte es auch, das weißt du genau. Schließlich bin ich sein einziges Kind. Das ist mir bekannt, Ines, das

brauchst du mir nicht dauernd unter die Nase zu reiben. Die Großeltern gehören einfach dazu, und meine Kinder sind die einzigen Enkel, die ihr habt.

Wenn sie mir aber vollkommen gleichgültig sind? Ich mache mir nun mal nichts aus deinen Kindern, Ines, ich habe kein Interesse an deinem Mann und kein Verhältnis zu deinen Kindern. Im übrigen sind es Pauls und nicht meine Enkel. Ich wage zu bezweifeln, daß sie ihm so wichtig sind, wie du annimmst; ich glaube, sie interessieren ihn ebensowenig wie mich. Früher waren sie einfach gräßlich, schlecht erzogene egozentrische kleine Monster; inzwischen benehmen sie sich zwar halbwegs zivilisiert, aber deswegen bleiben sie mir trotzdem fremd. Was ist denn schon Besonderes an diesen stromlinienförmigen Wohlstandsblagen? Interessieren sie sich denn für ihren Großvater, für mich? Für sie existiert doch nur das Fernsehprogramm und die Welt der verschiedenen Turnschuhmarken.

Du bist gemein, Elli, du bist eine schlechtgelaunte, böse, alte Frau.

Bin ich eben.

Der Hauptgrund, warum ich nicht zu Herberts Geburtstag will, ist einfach, daß ich nicht will. Begreifst du das nicht? Ich fühle mich nicht mehr wohl außerhalb meiner vier Wände. Ich habe diese Wohnung nie besonders gemocht, das weißt du wohl; ich bin nur widerstrebend hergezogen und habe sie nie als Heimat empfunden. Aber jetzt ist sie das einzige Zuhause, das wir haben, und ich mag einfach nicht mehr raus aus dieser Höhle. Begreif das doch. Hier drinnen sind wir wenigstens noch wir selbst. Draußen sind wir nur zwei beliebige Elendsgestalten, Herr Kann-nicht-mehr und Frau Leider-verhuscht. Mußt du erst so alt werden wie wir, bevor du das verstehst?

Du bist drei Jahre jünger als Vater, du bist noch einigermaßen gut zu Fuß, du könntest noch Dinge unternehmen,

wenn du nur wolltest, Elli. Vor allem hast du einen starken Charakter und einen zähen Willen. Da irrst du, Ines: Pauls Schlaganfall hat auch etwas in meinem Inneren gelähmt. Ich verstehe nicht, daß du diesen Symbiose-Tick so pflegst, Elli, eine intelligente und selbständige Frau wie du. Ich verlange auch gar nicht, daß du mich verstehst. Ihr sollt mich bloß in Ruhe lassen mit eurer gräßlichen Normalität.
Ich will nicht für euch die herbstapfelgesichtige Großmutter aus dem Bilderbuch spielen. Ich will nicht unter Menschen, ich will nicht zu Herberts Geburtstag. Ich will nicht, daß Paul ins Krankenhaus kommt. Ich will nicht, daß ihr einfach so über uns verfügt, uns hin und her schiebt.
»Ich bin nicht sicher, Ines, ob wir zu Herberts Geburtstag kommen können.« Ich sage das mit dünner Stimme, und Ines antwortet ungläubig: »Warum solltet ihr nicht kommen können?« Und nach einer kleinen Pause: »Falls du dir Sorgen um Vater machst – es ist wirklich nur eine Routineuntersuchung, Dr. Racker hat es mir noch einmal versichert. Wenn du möchtest, könnten wir auch versuchen, ein Doppelzimmer im Krankenhaus zu bekommen, damit du Vater begleiten kannst. Das möchtest du doch sicher?«
»O danke, Ines, das ist wirklich lieb von dir. Es wäre mir eine große Erleichterung – wenn es denn nun sein muß.«

XII.

Ich weiß, Paul. Ich weiß, daß ich Ines' Kindern gegenüber ungerecht bin. Du hast es mir oft genug gesagt, und natürlich weiß ich es auch selber. Sie können nichts dafür, daß sie geboren wurden, als ich alle Kinder verwünschte.

Ich nehme auch die Behauptung zurück, daß du dir nichts aus deinen Enkeln machst. Als ob mir entgangen wäre, wie gern du manchmal den Großvater spieltest. Um so mehr verübele ich den Kindern, daß sie seit einigen Jahren so tun, als gäbe es dich nicht mehr, und bitte, komm mir nicht mit dem Argument, es sei meine Menschenfeindlichkeit und Griesgrämigkeit, die ihren Kontakt mit dir unterbindet. Vor deinem Schlaganfall kam Mark jedenfalls gern, um dir dies und das zu erzählen, und Jörg war durchaus an deinem Rat gelegen, wenn es darum ging, bei einem Referat eine extragute Note herauszuholen. Seither sehen wir sie nur noch an Weihnachten und gelegentlich bei Geburtstagsfeiern; dann wissen sie nicht, was sie mit dir reden sollen, dein Anblick ist ihnen schrecklich peinlich, und nur Anja gibt dir einen flüchtigen Kuß auf die Stirn.

Ist das vielleicht der Grund, warum du so viel Spaß an Christoph und Carsten hast, wenn sie uns das Essen bringen? Dieser Gedanke kommt mir erst jetzt. Kann es sein, daß Christoph und Carsten dich an Jörg und Mark erinnern, wie sie früher waren?

Nein, Paul, an mir liegt es nicht. Schroff und abweisend war ich allenfalls in ihrer Kindheit, und ich beschwere mich auch nicht, wenn sie mich nicht besonders mögen. Ich mache gar kein Hehl daraus, daß sie früher in meinen Augen Monster waren, kleine Bestien ohne liebenswerte Züge. Wenn sie uns besuchten, zitterte ich um meine Blumen und mein Gemüse. Sie stiefelten unbekümmert über die Beete und rissen alles von den Stengeln, was sie entzückte oder ihre Neugier erregte. Sie taten grundsätzlich das Gegenteil von dem, was man ihnen sagte. Ines raffte sich nur gelegentlich zu einem halbherzigen Verbot auf, auf dessen Durchsetzung sie aber nie bestand. Sie ließ die beiden immerfort gewähren, mit dieser dümmlichen Kritiklosigkeit, die die meisten Mütter von heute ihren Sprößlingen gegenüber an den Tag legen. Herbert, obwohl ihn das schlechte Betragen der Jungen störte, intervenierte nur selten. Er hatte nichts zu melden, er war der typische schwache Popanz von Vater, der ohnehin meistens durch Abwesenheit glänzte.

Gräßliche Kinder! Ich war froh, wenn Paul sie beschäftigt hielt, außer Sicht- und Hörweite am liebsten, wenn er sie mitnahm beim Hundeausführen, zum Äpfel- oder Beerenpflücken, wenn er sie beim Holzhacken und -stapeln anstellte oder mit ihnen Grillplätze baute. Gleichzeitig grollte ich ihm natürlich auch, daß er nach Annie andere Kinder überhaupt wahrnehmen konnte. Später ging es dann allmählich besser, später akzeptierte ich die Jungen, doch als sie klein waren, hatte ich nur wenig Freude an ihnen. »Oh, Sie hatten wieder Besuch von Ihren Enkeln«, riefen mir die Nachbarinnen über den Zaun zu. Es war in der Tat nie zu überhören. »Zwei so lebhafte, hübsche, gesunde Jungen!« Hübsch gewiß – aber »lebhaft« war nur das Synonym für laut und nervtötend. Alle schienen leidenschaftlich begeisterte Eltern und Großeltern zu sein, nur ich war die böse Hexe aus dem Märchenbuch.

Weswegen hätte ich Mark lieben sollen? Etwa wegen der Nervenkriege, die er um jeden Anlaß veranstaltete? Er schrie, bis ihm die Luft ausging und er blau im Gesicht wurde, genaugenommen schrie er, bis er seinen Willen durchgesetzt hatte. Nach Annies Tod begriff ich nicht, wie Leute irgendwelche Kinder »nett« oder »süß« oder »reizend« finden konnten, und auf Ines' Kinder paßten diese Adjektive meines Erachtens am wenigsten. Sie fühlte sich bei uns auch immer etwas nervös und angespannt, weil sie wußte, daß ich ihren Erziehungsstil mißbilligte. Sie verwöhnte die Jungen aus Bequemlichkeit; es war so viel einfacher, ihnen in allem nachzugeben als standzuhalten. Aber an mir, ihrer Großmutter, bissen sie sich manchmal die Zähne aus. Wenn du einen Dickkopf hast, Mark – ich habe auch einen, mal sehen, wer von uns beiden den dickeren hat. Aber er ist doch noch ein Kind, Elli, du kannst das doch nicht so bierernst angehen; später wird er schon von selbst begreifen, daß er auf andere Rücksicht nehmen muß. Und woher sollte das »von selbst« denn kommen, bitte schön, wenn er sich einmal daran gewöhnt hat, in einer Welt zu leben, die stets auf ihn Rücksicht nimmt? Manchmal bewirkten solche Gespräche immerhin, daß Mark einen Augenblick verblüfft in seinem Gebrüll innehielt und mich anstarrte wie ein seltenes Naturereignis.

Jörg war weniger laut und aggressiv und wirklich ein hübscher Junge mit seiner verstohlenen Art, hinter viel zu langen blonden Haarsträhnen hervorzugucken, die Herbert »sissyhaft«, aber Ines »süß« fand. Er war ein menschenscheuer kleiner Streber, der nur auf seine Mutter reagierte und auch das nur, wenn es ihm paßte. Wenn er nicht so zugeknöpft und verschlagen gewesen wäre, hätte ich ihn vielleicht mögen können. Einmal beobachtete ich, wie er, im Kinderzimmer alleingelassen, systematisch eine ganze Reihe von Marks Plastikautos zertrat; er legte sie nebeneinander auf den Boden und zerstampfte sie eins nach dem anderen mit stiller Genugtuung, ein Strahlen ging dabei über sein hübsches, boshaftes Gesicht. Dann flüchtete er eilends in

Ines' Windschatten, um von dort aus in aller Ruhe die Entdeckung und Marks Theater abzuwarten. Mark war stämmig, struppig, pausbäckig und rabaukig, Jörg schmal und zart, heimtückisch und selbstverliebt. Soweit ich mich zurückerinnern kann, sammelte er in der Schule nur Einser, worauf er sich, genau wie seine Mutter, wer weiß was einbildete. Mark war ein mäßiger Schüler, aber er deutete jede soziale Situation als Wettbewerb, und wehe, wenn er nicht gewann! Man mußte sich schon eine gute Erklärung ausdenken, die seine Niederlage plausibel oder gar ehrenwert erscheinen ließ – »Mark hatte Gegenwind«, »er hatte das schlechtere Fahrrad«, »er hat den anderen Jungen absichtlich vorgelassen« –, wenn man es nicht mit umgetretenen Möbeln und zerschmetterten Vasen büßen wollte.

Beide waren so anders, ganz anders als unsere pfiffige, Menschen und Dingen zugewandte Annie, die stets gut gelaunt und voller Lebensfreude war. Doch diese beiden liefen lebendig herum, während Annie tot war.

Nur mit Anja, der Nachzüglerin, konnte ich zeitweilig Freundschaft schließen. Als sie geboren wurde, lag Annies Unfall schon zwölf Jahre zurück. War der Anblick der Jungen als Babys für mich unerträglich gewesen, so konnte ich jetzt wenigstens wieder in den Kinderwagen gucken. Doch warum dieser Name »Anja«? Warum mußten sie einen Namen wählen, der meinen Schmerz erneut aufwühlte? Als ich sie einmal darauf ansprach – oder vielmehr war es wohl Paul, der davon anfing –, zeigte sich Ines völlig verwundert: »›Anja‹ ist doch meilenweit entfernt von ›Annie‹, das löst doch ganz andere Assoziationen aus. ›Anja‹ ist ein moderner und ›Annie‹ ein ganz altmodischer Name, da liegen doch Jahrhunderte dazwischen.«

Ihre Entschuldigung war eine Beleidigung: ein altmodischer Name und meine Tochter schon seit Jahrhunderten tot.

Trotzdem erinnere ich mich an freundliche Nachmittage mit

Anja im Garten, wie sie plappernd mit ihrem Puppenwagen unter dem Kirschbaum flanierte, wie sie mir beim Kirschenentsteinen half und dabei große Brote mit Salami verzehrte, die sie »Punktenwurst« nannte. »Davon will ich vieler, bitte Omi, gib mir vieler!« Abends konnte sie nicht einschlafen ohne den Zipfel eines häßlichen großen Taschentuchs in der Hand. Anja riß niemals Blüten ab, sie hockte sich nur hin und roch daran. »Jetzt hat die Blume mir einen Kuß gegeben.« Ich konnte sie gut um mich haben, wenn ich im Garten arbeitete. Manchmal las ich ihr aus Annies Bilderbüchern vor, und schließlich schenkte ich ihr sogar Annies Holzbaukasten, mit dem sie andächtig spielte, während die Jungen nur verächtlich die Nase darüber gerümpft hatten. Aber noch bevor Anja ins Gymnasium kam, zogen sie alle aus der Stadt fort, und wahrscheinlich wäre mein Kontakt zu ihr ohnehin bald abgebrochen, denn heute ist sie ein ziemlich alberner Teenager, oberflächlich, kicherig, pickelig. So wäre Annie nie geworden. Wie alt ist Anja jetzt eigentlich? Sechzehn? Siebzehn? Ich habe aufgehört, mich für das Alter meiner Enkel zu interessieren.

Das mit den Kindern hast du nie verstanden, Paul. So nahe wir uns in vielen Dingen waren: auf diesem Auge warst du blind, auf diesem Ohr taub. »Du bist Ines' Kindern gegenüber ungerecht« – dieser Satz allein spricht Bände. Vielleicht sind die Kinder ein Thema, bei dem die Männer die Frauen nie ganz verstehen können. Ich habe mich in meinem Schmerz um Annie manchmal sehr einsam gefühlt; du hast meine Trauer sogar »asozial« genannt. »Aber erst, als sie Monate, Jahre andauerte!« Du hast zornig protestiert, als ich dir vorwarf, Annie vergessen zu haben und wieder zur Tagesordnung übergegangen zu sein. – Irgendwann muß man die Füße wieder auf den Boden der Realität kriegen, und du zwingst mich durch die Maßlosigkeit deiner Trauer dazu, der erste zu sein. Ich habe Annie genauso geliebt wie du, sagtest du böse. Gewiß, Paul, das hast du – aber ein Kind zu haben, bedeutete dir trotzdem weniger als mir. War dir nicht Jahre zuvor schon meine Reaktion auf die Fehlgeburt übertrieben erschienen? – Versuchen wir es eben noch mal!

Als ich zum ersten Mal schwanger wurde, bald nach unserer Begegnung, hast du mir bedeutet, daß du eigentlich keine Kinder mehr wolltest, daß du eigentlich auch mehr Zeit brauchtest für deine Trennung von Martha und Ines, dich mir zuliebe aber darauf einlassen könntest. Das war ehrlich, aber wenig einfühlsam. Als ich dann die Fehlgeburt hatte, wenige Wochen nach unserer Hochzeit, brach für mich eine Welt zusammen, aber du – gib es zu, Paul, jetzt kannst du es ruhig zugeben, nach so langer Zeit: du warst tief innerlich auch erleichtert, wegen Martha, wegen Ines. Erschrocken über meine heftige Reaktion, das ja, aber weniger betroffen von dem, was geschehen war. Wir probieren es einfach noch mal; sagtest du, kriegen wir eben später ein anderes Kind. Dabei war ich doch schon Ende Dreißig. Damals warst du mir fremder als der fremdeste und gleichgültigste Mensch auf der Welt. Ich dachte sogar: Ich habe das Kind verloren, weil Paul es nicht wirklich wollte.

Damals begann ich zu begreifen, was für ein romantischer Egoist du warst, Paul. Eigentlich wolltest du gar keine Familie, du hättest am liebsten die große Seelenfreundschaft fortgesetzt, ich sollte dein bester Freund sein, deine Geliebte natürlich auch, aber vor allem wolltest du mit mir die Gespräche führen, zu denen es mit Martha nicht kam. Am liebsten hättest du die Art von Ehe geführt, in der es gar keinen Platz für eine dritte Person gibt – und so haben wir es dann die längste Zeit unseres Zusammenlebens ja auch gehalten.

Eine Stimme in mir sagte: Es ist Paul, der verhindern will, daß du Mutter wirst. Es gab aber auch eine andere, kleine Stimme, die sagte: Es ist wegen Lisa. Diese Stimme machte mir zu schaffen, obwohl ich nicht hinzuhören versuchte, in der Zeit nach der Fehlgeburt, als ich wieder schwanger zu werden versuchte, und auch während der neuen Schwangerschaft. Aber als Annie einmal da war, als sie so prächtig gedieh und weil sie war, wie sie war, wurde ich übermütig. Ich wiegte mich in Sicherheit. Bis zu dem Tag, an dem das Unglück geschah.

Dann das schwarze Loch.

XIII.

Das schwarze Loch. Nie mehr wollte ich daran denken, aber plötzlich ist es wieder so nah, als wären nicht Jahrzehnte vergangen. Ich hatte es fast vergessen in den guten Jahren, aber natürlich war es immer da, es lauerte an den äußeren Rändern meines Lebens, und jetzt kommt es langsam wieder herangekrochen. Paul hatte mir geholfen, es so weit fortzuschieben, daß es mir lange Zeit nichts anhaben konnte. Solange wie ich aufgehoben war in dem Haus und dem Garten um das Haus herum, mit all dem Lebendigen, das darin wuchs und blühte, und dann noch die Wiese und der Wald hinter der Wiese und Paul, der Wache hielt, der mit den Hunden die Landschaft durchstreifte in weiterem Umkreis, so lange konnte es mir nichts anhaben.

Aber jetzt, Paul? Was ist jetzt? Hier, in dieser Dreizimmerwohnung, sind wir den bedrohlichen Erinnerungen so ausgeliefert. Ich wollte nie mehr an diese Zeit denken, aber plötzlich ist sie wieder da.

Das Bild einer Frau, die bewegungslos am Fenster sitzt und vor sich hin starrt, Tag für Tag, Woche um Woche. Es scheint fast, als ob sie auf die Stelle starrt, wo sie Annie zum letzten Mal gesehen hat, aber in Wirklichkeit sieht sie gar nichts, sie ist blind und taub. Hat sie denn nicht geweint, geschrien, getobt? Ich weiß es nicht mehr. Da ist nur noch diese Versteinerung.

Elli, kommst du ein bißchen mit spazieren? Ein paar Schritte vor die Tür. Die Luft riecht so gut nach Frühling.

Wie kann er bloß irgend etwas riechen? Aber das ist einerlei, die Frau am Fenster hört ihn nicht einmal. Sie fühlt auch die Hand nicht, mit der er ihre Schulter berührt. – Du kannst doch nicht immer nur so dasitzen, Elli. Davon wird Annie auch nicht wieder lebendig.

Wer ist Elli? Wer ist Annie? Keine Antwort.

Paul würde so gern spazierengehen, das würde ihm helfen, aber er will sie nicht allein lassen. Laß uns ein bißchen Musik hören, ja? Was magst du? Keine Antwort. Doch als er die Konzerte des Barock auflegt, Vivaldi, Pergolesi, reißt sie die Hände an die Ohren und schreit: Nein! Aufhören! Die Orgel- und Flötenmusik, die sie früher so gern mochte, dringt wie ein schneidender Schmerz von außen nach innen.

Paul ist ratlos. Sie redet nicht. Sie geht nicht vor die Tür. Sie will keine Musik hören, und Nachrichten aus dem Radio schon gar nicht. Sie liest nicht. Paul bringt ihr immer wieder Bücher aus der Bibliothek mit, aber sie rührt sie nicht an. Er versucht es sogar mit Kriminalromanen. Wenn er ihr abends vorliest, liest er laut für die Möbel im Wohnzimmer.

Eine Haushaltshilfe muß her, denn eine Weile kann Elli weder einkaufen noch kochen, noch putzen. Der Arzt hat Paul bedeutet, man solle sie nicht lange allein lassen. Also kommt Paul jeden Mittag von der Redaktion zum Essen nach Hause, das kostet ihn viel Zeit und Kraft, und es ist gewiß nicht sehr angenehm mit einer Frau am Tisch, die nicht redet und nicht wahrzunehmen scheint, was sie ißt.

Wenn sie morgens aufwacht, spürt sie als erstes ein bleiernes Gewicht auf der Brust und ein Grauen vor dem Leben, noch bevor sie sich erinnert, was geschehen ist. Sie will sofort wieder zurück in den Valiumschlaf. Wenn Paul nicht wäre, würde sie das Bett gar nicht erst verlassen, sich nicht anziehen. Aber er besteht darauf. Er verläßt das Haus nicht, bevor sie nicht bei ihm am Frühstückstisch gesessen hat.

Niobe wurde zu Stein, als die Götterzwillinge Artemis und Apollo, zur Strafe für ihren Hochmut, ihre zwölf Kinder töteten, eins nach dem anderen, zuletzt die jüngste Tochter in ihren Armen. Niobe hatte zwölf Kinder, Elli hatte nur Annie. Niobe konnte auch zu Felsgestein erstarrt noch weinen, aus ihren Augen fließt das Wasser unaufhörlich, bis in alle Ewigkeit. Elli ist verdorrt.

Ich würde gern heute abend ein paar Gäste mit nach Hause bringen, Elli, einen russischen und einen polnischen Journalisten, die im Exil in den USA leben, beides sehr sympathische und interessante Menschen.

Geh mit ihnen essen, Paul.

Natürlich, wenn es zu viel Umstände macht. Aber du kommst doch mit? Die Frau von Boris Lesskow wird auch dabeisein. Sie hat lange ein Museum in Leningrad geleitet, sie wird dir gefallen.

Laß mich, Paul.

Wie wäre es, wenn wir ein paar Tage Urlaub machten, Elli? Wandern im Allgäu. Oder möchtest du lieber an die See? Ich könnte eine Luftveränderung gebrauchen.

Laß mich, Paul.

Immerhin redet sie wieder. Weil Paul sie nicht läßt. Und allmählich kann sie ihn auch wieder hören, wie von weither, eine Stimme ganz am Ende eines dunklen Tunnels, wo ein bißchen graues Tageslicht hereinsickert. Schon dieses Dämmerlicht tut den Augen weh. Wozu aufstehen? Wozu wach sein? Wozu essen? Alle Farbe, alles Licht ist aus den Dingen gewichen, und in mir eine Leere, eine Freudlosigkeit, die man nicht mit Worten, nicht mal mit Gedanken umfassen kann. Selbst zum Sterben fehlt mir die Energie. In diesem Sommer haben die roten Geranien in den Blumenkästen vor dem Fenster einen schmutzigen Grauton angenommen. Danach habe ich viele Jahre keine Geranien mehr gepflanzt.

Doch die Stimme am anderen Ende des Tunnels läßt nicht locker. Komm, Elli, sagt sie, komm wieder, komm zurück. Allmählich wird das Licht heller und die Stimme deutlicher.

Ich kann jetzt hören, daß es Paul ist, Paul, der mich liebt. Er hat Annie genauso geliebt wie ich. Er hat nur noch mich. Ich habe nur noch ihn. Deswegen muß ich zurück.
Am schrecklichsten ist es, nichts mehr zu wollen. Nicht mehr zu wissen, wie es ist, wenn man sich freut. Ich kann den Mund verziehen, aber nicht lachen; später kann ich auch das Geräusch des Lachens wieder hervorbringen, aber ich erinnere mich nicht mehr an das Gefühl, das es begleitete. Früher hatte die Welt doch Farben, der Himmel hatte Wolken, die Blumen dufteten, es gab Wetter, draußen leuchtete, rumorte, stürmte, bewegte es sich. Jetzt bin ich in einem Schattenland ohne Geräusche, wo die Jahreszeiten erstickt sind. Paul war geduldig, er gab mich nicht auf, obwohl er die Frau, die ich damals war, diesen Steinklotz am Bein, doch manchmal verwünscht haben muß. Er hörte nicht auf, nach mir zu rufen.
Du darfst nie von mir weggehen, hörst du, Paul, du darfst mich nie allein lassen! Ohne dich habe ich nichts, an dem ich mich festhalten könnte, ich falle wieder zurück in dieses schwarze Loch. Wenn sie nun kommen und dich fortholen, ins Krankenhaus. Wenn ich nicht verhindern kann, daß sie irgend etwas Schreckliches mit dir anstellen. Was sollen wir bloß tun, Paul, was soll ich tun? Ich habe solche Angst.
Paul sieht mich verwundert an, mit großen Augen. Dann streckt er die Hand nach meiner aus. Keine Angst haben, Elli. Gott sei Dank, daß du da bist, Paul. Auch wenn du jetzt krank bist und so viel schwächer als früher, solange du bei mir bist, kann mir nichts passieren. Reiß dich zusammen, Elli. Paul braucht jetzt deinen Schutz. Paul ist jetzt dein Kind.
Verrückt werden geht viel schneller, als man glaubt. Manchmal trennt uns nur ein dünnes Häutchen von der anderen Welt, die diese kleine Insel der Sicherheit umgibt.
Damals war ich ein paar Wochen nicht ins Kinderzimmer

gegangen. Paul hatte dort mit der Haushaltshilfe aufgeräumt, ihre Schulsachen, Bilder und Spiele zusammengepackt, die Kleider gebündelt. Wenige Monate nach Annies Tod lief ich eines Morgens in dieses Zimmer, fest davon überzeugt, daß sie am Leben sei. Ich wollte sie wecken. Am Abend vorher war ich noch ganz vernünftig und normal gewesen. Paul hatte mir sehr vorsichtig mitgeteilt, daß Ines schwanger sei, im siebten Monat. Das war irgendwann zu erwarten. Paul wußte es schon länger, hatte es mir aber bisher verschwiegen. Es war Ines' erste Schwangerschaft, mit Jörg, und mir war bis dahin nicht einmal aufgefallen, daß ihr Bauch sich wölbte. Aber ich reagierte sehr ruhig und vernünftig auf die Neuigkeit. Ich schlug Paul sogar vor, Ines ein paar von unseren Kindersachen zu überlassen, die wir doch nie wieder brauchen würden. Am Schlafmittel kann es nicht gelegen haben, denn ich nahm seit dem Unfall immer das gleiche und war sogar schon dabei, mit der Dosis herunterzugehen. Jedenfalls erwachte ich am Morgen mit einem lange nicht gekannten Gefühl von Glückseligkeit. Ist Annie schon auf? fragte ich Paul als erstes. Ich habe sie heute noch gar nicht gehört. Sie muß doch zur ersten Stunde in der Schule sein.

Ich registrierte wohl, daß Paul zusammenzuckte und sehr bleich wurde, aber ich glaubte, das hinge damit zusammen, daß wir uns verschlafen hätten. Reg dich nicht auf, sagte ich und sprang aus dem Bett, ich schreibe ihr eine Entschuldigung, wegen der häuslichen Probleme in letzter Zeit. Die Lehrerin wird es verstehen. Ich konnte mich zwar nicht mehr erinnern, was die Ursache der häuslichen Probleme gewesen war, aber ich wußte, damit würde jetzt Schluß sein, als ich beschwingt auf die Kinderzimmertür zulief. Ich hatte ein vages Gefühl, daß es an mir lag, daß ich meine Pflichten vernachlässigt hatte, aber von heute an würde das ein Ende haben.

Elli! rief Paul hinter mir her. Seine Stimme war heiser, aber ich beachtete ihn nicht. Erst als ich die Kinderzimmertür aufriß, kam mit einem Schock die Erinnerung wieder. Als mein Blick das tödlich aufgeräumte Kinderzimmer überflog, die kahlen Regale, das nackte Bett. Auf dem Stuhl in der Ecke saß Annies Teddybär und starrte mich aus seinen schwarzen metallischen Augen an. Sie hatte sich nie von diesem Monstrum trennen wollen, dem im Laufe der Zeit sämtliche Haare ausgegangen waren, und deswegen hatte auch Paul es nicht über sich gebracht, es fortzuwerfen. Aber sie ist doch nicht mehr da, sagte Paul und schloß mich von hinten in die Arme. Der Bär starrte mich feindselig an, mit böse glitzernden Augen. Einen Augenblick lang schien er lebendig. Er sah mich mit Lisas Augen an. Ich schrie.

Obwohl Paul mich fest in den Armen hielt, konnte ich lange nicht aufhören zu schreien. Das Gefühl der Panik verschwand erst, als der von Paul herbeigerufene Arzt mir eine Beruhigungsspritze verpaßt hatte. Vielleicht war Annie erst jetzt wirklich tot. Von diesem tiefsten Punkt an ging es dann allmählich aufwärts.

Die eigentliche Rettung aber war das Haus, unser Haus. Das war allerdings noch einmal Monate später. Monate, während derer sich Paul geduldig um mich mühte, wir nur wenig miteinander sprachen. Was hätte es auch zu reden gegeben?

Annie erwähnten wir nie. Ich erlebte nichts, und nichts interessierte mich, auch als ich halbtags wieder in der Bibliothek zu arbeiten begann. Was Paul erlebte und erzählte, war mir ebenso gleichgültig wie alles andere. Es ist fast ein Wunder, daß wir uns in dieser Zeit nicht gegenseitig verloren haben.

Das Haus brachte die Wende. Eines Tages kam Paul von einem Mittagessen mit Kollegen zurück, bei dem ihm beiläufig jemand von einem Haus auf dem Land erzählt hatte, das jetzt zum Verkauf stand. Er fragte mich vorsichtig: Könntest du dir vorstellen, auf dem Dorf zu leben?

Erst war es nur wieder einer von seinen Vorschlägen, die mich ablenken sollten. Was sollten wir mit einem Haus, ohne Annie? Doch ich war immerhin neugierig genug, es mir mit ihm zusammen anzuschauen. Schon vor Annies Geburt, schon lange bevor ich Paul kennenlernte, hatte ich den Traum vom Haus gehabt. Vielleicht hing er mit meinen Flüchtlingsjahren zusammen: Einmal wollte ich ein Stückchen Erde haben, das mir gehörte, das mir keiner mehr wegnehmen konnte, ein kleines Haus mit einem Garten, ein bißchen größer als das übliche Handtuch, so daß man ihn in der Mitte kultivieren und an den Rändern verwildern lassen könnte, in dem nicht nur Blumen, sondern auch Obst und Gemüse wachsen würden. Natürlich wäre es erst mit Annie das Paradies gewesen, von dem ich träumte. Aber als ich es gesehen hatte, wußte ich: Es würde auch mit Paul allein schön werden, nur wir beide, Paul und ich. Ich wußte es sofort, als ich den ersten Blick darauf warf: unser Haus.
Warum sind wir nur von dort fortgegangen, Paul? Es war doch unsere Rettungsinsel nach Annies Tod. Wir hätten uns nie von dort vertreiben lassen dürfen.

XIV.

»Macht nichts, Elli – man kann es nachkaufen«, versichert Ines, während sie sich hastig nach den Scherben des Milchkännchens bückt. Doch sie kann ihren Ärger nur mit Mühe verhehlen. »Anja, lauf schon nach einem Lappen!« Es tut mir so leid, aber ich konnte den Rand der Tischplatte nicht deutlich erkennen und muß das Kännchen wohl auf der Kante abgesetzt haben. Tut mir leid, Ines; es sind zu viele Menschen hier, die qualvolle Enge verwirrt mich, ich war unkonzentriert. Ich fühle mich wie ein gescholtenes Kind, und Ines, mit den Scherben in der Hand und den fest zusammengepreßten Lippen, die ihre Beteuerungen Lügen strafen, steht da wie meine Mutter.

»Omi wirft mit dem Wedgwood um sich. Endlich kriegen wir Stimmung«, sagt Anja vergnügt.

Der Himmel ist blau über dem Reihenhaus. Ich dachte, dies sollte ein Gartenfest werden, aber niemand wagt sich in den Garten hinaus, statt dessen drängeln sich die Menschen zwischen kleinen Tischen auf der Terrasse und im angrenzenden Wohnzimmer, dessen Glasschiebewand zum Garten hin geöffnet ist. Der Garten selbst sieht aus, als hätte Ines ihn für den Anlaß geputzt, mit Scheuerbesen und Wischlappen. Der quadratische kurzgeschorene Rasen in der Mitte ist an allen vier Seiten von symmetrisch bepflanzten Beeten umgeben, kleine rosa Begonien und etwas langnasiges Blaßblaues dazwischen, das ich nicht kenne. Ich muß Herbert fragen, Herbert ist hier der Gärtner, und vielleicht ist er es und gar nicht Ines, der alles mit unsichtbaren »Nicht betreten!«-

Schildern versehen hat. Nicht betreten! Keine Bewegung! Niemand tanzt aus der Reihe, nicht ein einziger Stein der Einfassung. An den Beeten entlang verläuft ein schmaler, mit quadratischen Steinplatten gepflasterter Weg, kein Unkrautpflänzchen steckt seine Nase zwischen den Ritzen hervor, so geleckt sieht es aus, als müsse man sich sorgfältig die Schuhe abtreten, bevor man einen Fuß darauf setzt. Vorhin hat Herbert die Gäste, die seine Blumen betrachten wollten, einmal ums Geviert geführt, im Gänsemarsch hintereinander. Am Rande der Terrasse wachsen Hortensien, rechts und links je ein Busch. Ich mag keine Hortensien, sie sehen so künstlich aus, und in Rosa sind sie mir besonders zuwider. Was krank ist oder verlaust, fliegt bei mir sofort raus, auf den Müll, erklärt Herbert mit Nachdruck der Frau, die neben ihm steht. Herbert schwärmt für exotische Gewächse, wie er sie in Kübeln auf der Terrasse verteilt und auch im Wohnzimmer herumstehen hat. Das ist die Pfeifenputzerblume aus Australien, sagt er stolz, und das da ein Peperonistrauch. Wie die grell gescheckten Papageienköpfe heißen, habe ich schon wieder vergessen. Das meiste sind Grünpflanzen, mit harten, ledernen, spitzigen Blättern, die wahrscheinlich wie Möbel abgestaubt werden.

Weil der Garten nur zum Anschauen da ist, drücken sich die Menschen auf der Terrasse herum, so dicht beieinander, daß ich niemand erkennen kann. Nur die Familie, hatte Ines doch verkündet, und noch irgendwas von Nachbarschaft und Herberts Kollegen aus dem Stadtbauamt. Pauls Rollstuhl ist um zwei Tische von mir getrennt, seit die Sache mit dem Milchkännchen passierte und ich gegen die Wand zurückwich. Bis dahin war alles ganz gut gegangen. Aber das war peinlich: Wie sie alle auf mich starrten und dabei so taten, als ob sie nicht hersähen. Das ist die Frau vom alten Huysmann, fühlte ich sie wispern, bedauernswert, was aus ihm geworden ist, sehen Sie doch selbst, und sie ist nicht etwa die Mutter, sondern nur die Stiefmutter unserer Gastgeberin. Ines vermeidet es im übrigen, mich so zu nennen; sie sagt: »mein Vater und seine Frau« oder »die zweite Frau meines Vaters«, wenn sie mich vorstellt. Stiefmütter gibt es nur im Märchen, und die sind böse.

Ines ist rührend um Paul besorgt, das muß man ihr lassen. Sie hat ihm eine große weiße Serviette, beinahe schon ein Handtuch, umgelegt, und Paul müht sich soeben, ein Stück Obsttorte zu essen. Der Teller schwankt gefährlich auf seinen Knien, und schon ist Ines mit der Hand zur Stelle und stabilisiert ihn. Ich komme mir hier, mit dem Rücken zur Wand und von Paul getrennt, so verloren vor. Ich habe nicht mal ein Stück Kuchen heruntergebracht, und der Angstschweiß wächst auf meiner Stirn. Wer ist zum Beispiel der untersetzte Mann mit dem feisten Gesicht, der sich zwischen Herbert und mich schiebt und mir den Ausblick auf Paul verstellt? »Ich bin ein alter Bewunderer Ihres Mannes«, erzählt er schnaufend, »habe seinerzeit jeden Artikel gelesen, den er schrieb.« Warum sagt er das mir und nicht Paul, dem es guttun würde? Sehr freundlich von Ihnen, mein Mann ist übrigens noch nicht tot, er sitzt da drüben.

Zum Glück ist Herbert in der Nähe. »Ja, solche substantiellen Zeitschriften, wie mein Schwiegervater eine herausgab, haben in der heutigen Medienlandschaft keine Chance mehr. Jammerschade.« Medienlandschaft – auch so ein neues Wort. Es läßt in meinem Kopf sogleich eine Mondlandschaft entstehen, lebloses Gestein, Krater, tödliche Leere und Metallstaub. Als ich wieder hinhöre, reden sie vom drahtlosen Telefon. »Unbestreitbar ein großer Vorteil«, meint Herbert, »man kann es zum Beispiel mit in den Garten nehmen.« Ich sehe ihn, das drahtlose Telefon in der Hosentasche, wie er den Rosenbusch beim Gartentor beschneidet.

Paul würde gern mitreden oder wenigstens den beiden besser zuhören können. Das sehe ich daran, wie er mit rollen-

den Augäpfeln und vergeblichen Lippenbewegungen von einem zum anderen schaut. Ines neben ihm ist nicht sonderlich unterhaltsam. Wenn nur dieses Walroß mich nicht von ihm abgedrängt hätte. Durchhalten, Elli, jetzt heißt es durchhalten; das Schlimmste haben wir doch schon hinter uns, nur noch ein, zwei Stündchen, dann können wir mit Anstand wieder nach Hause gehen.
»Wo ist eigentlich Mark?« frage ich Anja, die plötzlich neben mir aufgetaucht ist, nur um irgend etwas zu sagen. Hat Ines Anja bedeutet, daß sie ein Auge auf mich haben soll?
»Da drüben am Grill, mit seiner Freundin. Siehst du nicht, wie sie die Köpfe zusammenstecken und sich über die Leute hier lustig machen?«
Nein, ich kann ihn nirgends erkennen. Ich sehe viele Arme, Beine, Hosen, Röcke und auch manche Gesichter, deren Ausdruck in sonderbarem Gegensatz zu dem steht, was sie gerade sagen. Aber meine Enkel Jörg und Mark sehe ich in diesem Durcheinander nicht. Nun sind sie lange nicht mehr bei uns zu Besuch gewesen, vielleicht haben sie sich verändert. Auch an Anjas Gesicht muß ich mich erst wieder gewöhnen.
»Was macht die Schule?«
»Och, wie immer.«
Was redet man mit Jugendlichen in ihrem Alter? »Und wie verbringst du deine freie Zeit?«
»Och, nichts Besonderes. Reiten, Musik hören, Fernsehen, mich langweilen.« Sie lacht albern.
Das helle Licht brennt in meinen Augen, und die gestaute Hitze unter der Markise wird langsam unerträglich. Ob ein Gewitter in der Luft liegt? Aber der Himmel ist noch immer ungerührt blau. Blaugrau, graues Blau. Nein danke, Anja, ich mag keinen Kuchen mehr, und sie trollt sich davon. Mein Rücken schmerzt vom Geradesitzen. Ines hat ihren Platz neben Paul verlassen, wahrscheinlich kann sie es nicht ertra-

gen, daß sich niemand um mich kümmert, und sie erzählt mir jetzt zusammenhanglos etwas über Mark. Wie sehr sie und Herbert hoffen, daß Marks neue Freundin einen guten Einfluß auf ihn ausüben möge, sie sei ein so strebsames und gut erzogenes Mädchen. Wer ist denn Marks Freundin? »Dieses schlanke, blonde, hübsche Mädchen, das vorhin mit Mark bei dir war, als er dich begrüßt hat.« Hier war kein blondes Mädchen, und Mark erst recht nicht, ich bin jedoch zu höflich, um Ines zu widersprechen.

Gerade will ich die Gelegenheit nutzen, mich wieder neben Paul zu setzen, da drängt sich schon wieder ein schwatzendes Grüppchen wildfremder Menschen dazwischen. Platzangst, vor allem als ein schweißglänzender Mann mit einem Bürstenschnitt sich selbstzufrieden an mich wendet: »Ihrem Mann scheint es ja heute recht gut zu gehen.« »Wer sind Sie überhaupt?« frage ich streng.

»Aber das ist doch Klaus, Herberts Bruder!« Gelächter, allgemeines Gelächter, während ich spüre, wie Panik in mir hochsteigt. Sie lachen über mich. Ich entschuldige mich bei dem Bürstenschnitt mit dem Hinweis, daß ich mal verschwinden müsse. »Und außerdem, fürchte ich, habe ich über das Ozonloch nicht viel zu sagen. Es ist nun mal da und wird auch weiter wachsen, denn ich glaube nicht daran, daß die Menschen sich ändern.« Verblüfftes Schweigen. Nun, hatte dieser Bruder von Herbert nicht gerade die schreckliche Hitze erwähnt? Danach reden sie immer vom Ozonloch.

Endlich treten sie beiseite und bilden eine kleine Gasse, durch die ich ins Wohnzimmer humpeln kann. Paul würde mein negatives Urteil über die Menschheit gewiß nicht billigen; Resignation in den Überlebensfragen ist der Anfang vom Ende, pflegte er zu sagen. Er hoffte immer auf die Einsicht der Menschen in der letzten Minute.

Jetzt bin ich zwar sicher an all den vollgepackten kleinen

Tischen vorbeigekommen, ohne etwas herunterzuwerfen, aber auf einmal kann ich die Toilette nicht mehr finden.
Aus dem Nichts taucht Jörg vor mir auf. »Kann ich dir helfen?«
»Ja, wenn du mich vielleicht zum Klo begleiten könntest; meine Augen machen mir Schwierigkeiten.« Dabei sind es gar nicht die Augen, sondern etwas stimmt mit meinem Kopf nicht. Er weigert sich, die vielen Eindrücke vernünftig zusammenzusetzen.
»Ist dir nicht gut, Omi?«
»So schrecklich viele Menschen.« Doch er widerspricht mir sofort, nur knapp dreißig, und davon sind wir, die engere Familie, allein schon fast zehn. Ein typischer Betriebswirtschaftler, wie man sieht, er hat von Anfang an zielstrebig studiert, während Mark bereits zweimal das Studienfach gewechselt hat und offenbar noch immer nicht fest im Sattel sitzt.
»Wann machst du dein Examen?«
Es dauert eine Weile, bis er »Nächsten Sommer« antwortet.
»Findest du den Weg zurück allein, oder soll ich hier an der Badezimmertür auf dich warten?«
»Glaubst du, daß dieses Mädchen wirklich einen guten Einfluß auf ihn hat?«
Er ist wirklich ein bißchen schwer von Begriff. »Wer? Was? Auf wen? Doris auf Mark? Wer redet denn davon?« Er lacht verlegen, als hätte ich etwas Komisches gesagt. Kein Mensch weiß, was in den Köpfen dieser jungen Leute vor sich geht. Vielleicht habe ich aber inzwischen auch verlernt, wie man Konversation macht.
Welche Erleichterung, allein im Badezimmer zu sein! Ich muß eine Weile hier sitzen bleiben, auf dem Thron, sicher an das Waschbecken gelehnt, bis der Schwächeanfall vorüber ist.
Damals, beim Fest zu Pauls 75. Geburtstag, waren es in der

Tat viel mehr Menschen, zwischen achtzig und hundert. Außerdem dauerte der Empfang vom späten Vormittag bis weit in den Nachmittag hinein. Aber damals, trotz der tagelangen Vorbereitungen, trotz der vielen Arbeit, lief alles so leicht und locker. Ich hatte keine Angst vor den Menschen und habe es phasenweise richtig genossen, obwohl ich mich doch verantwortlich fühlte. Damals war auch Sommer, und wir hatten ein richtiges Gartenfest. Bunt gekleidete Gäste spazierten auf den Wegen, ließen sich auf der Wiese nieder, standen in kleinen Gruppen unter den Bäumen beieinander, und Paul, der frühere Paul, gewandt und ganz bei der Sache, bewegte sich plaudernd von einem zum anderen, heiter, entspannt, und dabei soufflierte er mir noch: Der kleine Dicke, der jetzt auf dich zukommt, ist der nette Jochimsen vom »Tageblatt«, der mit der kranken Frau, du weißt schon. So daß ich ihn gleich freundlich empfangen konnte: Guten Tag, Herr Jochimsen, wie geht es zu Hause? Damals empfand ich keine Spur von Klaustrophobie, ich fand mühelos die rechten Worte, und die Leute fühlten sich wohl bei uns. Sagen Sie, haben Sie diesen Zucchinisalat etwa selbst gemacht, Frau Huysmann? Ich hörte so etwas. Was, die Putenleberpastete auch! Und die marinierten Fische? Nicht zu glauben! Ich war die Frau, die ein Büfett für knapp hundert Personen in der Woche davor nahezu allein vorbereitete. Das ist noch keine zehn Jahre her. Heute muß ich mich schon sehr konzentrieren, wenn ich nur einen Tee kochen will. Doch damals war Paul noch nicht krank. Wir waren auch nicht wie jetzt zusammengepfercht auf einer häßlichen, braun gefliesten Terrasse und in einem pompösen Wohnzimmer mit dunkelbrauner Ledergarnitur und schwarzglänzender Schrankwand. Mit wieviel Gelächter haben Paul und ich am nächsten und noch am übernächsten Tag im Garten die Gläser eingesammelt: auf den Fensterbänken, im Geräteschuppen, zwischen den weißen Steinbrechpolstern, in der Astga-

bel des Birnbaums und den Blumenkübeln an der Treppe. Es war wie Ostereiersuchen. Zwei Frauen aus dem Dorf halfen beim Spülen und Putzen.
Nein, Elli, so geht das nicht, du kannst hier nicht hocken und herumdösen und Paul draußen allein lassen mit den vielen fremden Menschen. Raff dich auf, reiß dich zusammen!
Im Vorbeihuschen Elli im Badezimmerspiegel. Das ist kein beruhigender Anblick, dieses vertrocknete Gesicht mit den scharfen Zügen und dem befremdlichen Blick aus den tiefen Augenhöhlen. Das sollte ich mir ersparen.
Im Flur kommt mir Ines entgegen, aufgelöst. »Was ist los, Elli? Ist dir nicht gut?«
»Doch, doch, alles in Ordnung.« Mir war nur ein bißchen sonderbar. Ich bin so viele Menschen nicht mehr gewohnt, und dann die Erinnerungen, die einen überfallen: Paul damals bei seinem Geburtstag und Paul heute im Rollstuhl, seine Hilflosigkeit und, schrecklicher noch, sein trauriges Bedürfnis, alles recht zu machen, sein Bedürfnis, teilzuhaben und wenigstens wahrgenommen zu werden, sein hungriger Blick. Wie er mit stark gerötetem Gesicht Kaffee aus der Tasse schlabbert und die Hälfte danebenläuft, den schlaffen Mundwinkel hinunter. Ihr habt ihm doch hoffentlich nicht zu viel Alkohol gegeben? Sekt verträgt er nicht gut; Wein und Sekt zusammen sind erst recht kritisch.
»Elli – etwas Unangenehmes ...« Ines beißt sich auf die Lippen. »Kann es sein, daß Papa sein Wasser nicht mehr halten kann? Seine Hose hat vorne einen großen Fleck.«
Bloß weg hier, bloß nach Hause. Damals kletterte der neue Chefredakteur, Pauls Nachfolger, vor dem Gartenhäuschen auf einen alten Küchenstuhl und hielt eine Ansprache: Wir feiern heute Huysmanns Geburtstag in einer Umgebung, die seiner würdig ist. Heben Sie mit mir Ihr Glas auf diesen wunderbaren Tag, auf unsern verehrten Kollegen und lieben Freund Paul Huysmann! – Ines und Herbert waren damals

auch unter den Gästen. Sie müßten sich doch noch daran erinnern.

»Seit wann passiert ihm denn so was, Elli? Du hast mir nichts davon erzählt!«

»Ich denke, es ist nur die Aufregung.«

Ines hat ihm vorsorglich eine kleine Decke über den Schoß gelegt, damit man den Fleck nicht sieht. Sie weist Jörg, der uns nach Hause bringen soll, leise an, eine andere alte Decke über Pauls Sitz zu breiten. Es bleibt uns also erspart, uns von irgend jemand verabschieden zu müssen. Statt dessen werden wir von Jörg und einem anderen jungen Mann, der mir vage bekannt erscheint, ins Auto verfrachtet. Er setzt sich zu mir nach hinten.

»Sind Sie ein Freund meines Enkels?«

Er starrt mich auf dem Hintersitz an, grinsende Verlegenheit: »Du machst vielleicht Witze, Omi.«

»Vielleicht hast du Mark noch nicht mit der neuen Frisur gesehen«, wirft Jörg von vorne ein, und Paul sagt etwas, das wie ein Mund voll Schaum klingt, aber »Natürlich ist es Mark« heißen soll. Ich weiß nicht, ob sie ihn verstanden haben, aber ich mache mir nicht die Mühe, es zu übersetzen. Im übrigen ist es mir völlig gleichgültig, wer er ist. Mir wird ein wenig wohler bei dem Gedanken, daß wir in einer halben Stunde wieder zu Hause sind. Wenn ich allerdings an die Hähnchenschenkel und den Waldorfsalat denke, die Ines uns noch hastig eingepackt hat, wird mir gleich wieder übel.

XV.

Nichts beruhigt so, wie den Blumen beim Wachsen zuzusehen, wenn man aufgewühlt und voller Angst ist. Festzustellen: die Tagetes entwickelt sich prächtig in diesem Jahr. Auch mit den dunkelblauen samtigen Petunien kann ich zufrieden sein. Ihr schwerer süßlicher Duft schon am Nachmittag, und zum Glück keine Anzeichen von Läusen bisher. Gewöhnlich sind sie so läuseanfällig. Die Lobelien, blitzblaue rundliche Blütenpolster, fröhliche kleine Blüten, schauen ein bißchen dürftig aus, doch sie werden sich bestimmt noch machen. Nur nicht die Hoffnung verlieren.
Es ist nicht wahr, daß Paul unter sich läßt. Ines hat mir eine Heidenangst damit eingejagt, bei Herberts Geburtstagsfest. Aber gestern, am Tag danach, ist nichts mehr in dieser Richtung passiert. Falscher Alarm also – ich habe mich bloß mal wieder ins Bockshorn jagen lassen.
Einfach nur an Blumen denken, an den Sommer, an unseren Garten früher, wie er in der Julisonne summte und duftete. Das ist gar nicht so schwer, wenn ich auf dem Balkon sitze, wo meine Nase kaum über den Blumenkastenrand hinausragt. Auch hier gibt es Hummeln, ein Wunder, daß sie überhaupt herfinden, von den grünen Wiesen in die Stadt. Ich schaue einer zu, wie sie auf der vorgestülpten Unterlippe eines Löwenmäulchens landet, die unter ihrem nicht unbeträchtlichen Gewicht nachwippt, und sich dann kopfüber in den geöffneten Rachen der Blume stürzt, der hinter ihr zuschnappt.
Ich habe Paul überreden können, ebenfalls ein bißchen fri-

sche Luft zu schöpfen, an diesem freundlichen Sommertag. Er sitzt hinter mir in der geöffneten Balkontür. Leider ist unser Balkon für zwei Stühle zu eng, weil ich mal wieder viel zu viele Blumentöpfe und -kübel herumstehen habe. Immerhin kann ich mich über die Schulter mit ihm unterhalten, während ich mich um die Blumen kümmere.

Ines hat mir da eine Heidenangst eingejagt, Paul. Du weißt doch, was uns blüht, wenn sie recht behält: das Pflegeheim. Elli schafft es nicht mehr, wird es heißen, Elli kann die Betten nicht so oft wie nötig wechseln. Wir könnten es immer noch mit Windeln versuchen, Frau Feigel könnte uns Windeln besorgen. Aber ich fürchte, man wird auf Dauer wund davon. Und gibt es welche, die groß genug für ihn sind? In ein Pflegeheim würden sie mich bestimmt nicht mit aufnehmen, selbst wenn wir uns mit einem Zimmer begnügten. Ich weiß auch nicht, wie ich dort überleben soll, ganz ohne Blumenbalkon. Also streng dich an, Paul, lieber, liebster Paul, es darf einfach nicht noch einmal vorkommen! Ich weiß, daß du es kannst.

Es war einfach die Aufregung, die ungewohnte Umgebung, die vielen Menschen, die alle durcheinanderredeten, zuviel Kaffee, und dann sein Wunsch teilzuhaben, mitzureden, die Anstrengung, die ihn das kostete.

Das sage ich ihm natürlich nicht. Soll ich ihn denn noch mehr verunsichern? Vielleicht hat er es ohnehin schon vergessen. Paul hört Musik im Radio, während ich die Blumen versorge. Schön, wirklich schön, ein Klavierkonzert – aber von wem ist das? Paul antwortet etwas, das »Tschaikowsky« heißen könnte. Ich will gleich mal auf die Ansage achten, wenn das Stück zu Ende ist.

Übrigens habe ich neuerdings manchmal auch Schwierigkeiten mit der Blase. Wenn ich dringend muß, kann ich zwar durchaus noch ein paar Minuten verhalten. Aber komischerweise geht es dann gerade in dem Augenblick los, wo das rettende Klo schon in unmittelbarer Nähe ist, wenn ich die Badezimmertüre öffne etwa oder wenn ich den Klodeckel hebe. Das verstehe ich einfach nicht. Wenn der Schließmuskel die fünf oder zehn Minuten davor noch gehalten hat, warum schafft er es dann nicht mehr diese wenigen Sekunden? Es ist alles andere als angenehm, mit einem feuchten Schlüpfer herumzulaufen, aber sich mehrfach am Tag umzuziehen, ist noch viel lästiger. Das sind alles so Dinge, über die man am besten gar nicht nachdenkt.

Es hat an der Haustür geschellt, aber das ignorieren wir einfach. Könntest du das Radio ein wenig leiser drehen, Paul? Manchmal drücken Leute im Vorbeigehen einfach auf den Klingelknopf, Schulkinder oder Straßenhändler, ohne sich viel dabei zu denken. Die Musik ist in Ordnung, Paul, nur ein bißchen zu pathetisch, wenn du verstehst, was ich meine, zu pompös. Etwas Leichtes, Heiteres wäre mir lieber.

Es klingelt wieder, dreimal langgezogen. Es läutet, bemüht sich Paul zu sagen. Aber wir erwarten niemanden. Laß sie ruhig weiterschellen, wenn es ihnen Spaß macht. So eine Unverschämtheit, wir machen doch nicht auf. Es sind ohnehin immer nur Leute, die einem schlecht riechende Seife und Schnürsenkel andrehen wollen – wo wir gar keine Schuhe zum Zubinden mehr haben, viel zu anstrengend – oder mundgemalte Postkarten von behinderten Kindern aus der Dritten Welt oder die Sektenvertreter von den Heiligen der Letzten Tage, die man nie wieder los wird. Oder es ist Frau Frickerhaus, und die wollen wir schon gar nicht. Ines ruft immer an, bevor sie kommt, und sie heißt es ausdrücklich gut, daß wir Fremden nicht die Tür aufmachen. Man hört so viel, es passiert so viel, jeden Tag, es könnte ja Gesindel sein. Ich mache mich daran, die runden grünen Fruchtknoten der Löwenmäulchen abzuknipsen. Sie blühen so schnell und werfen, kaum erblüht, schon wieder ihre bunten Hüte ab. Wenn man die Knötchen sofort entfernt, kann man sie noch

zur zweiten Blüte anspornen. Manchmal überstehen sie milde Winter und bilden dann im nächsten Jahr besonders üppige Polster. Wie der Sommer dahinrast! Bald ist schon wieder Zeit für Chrysanthemen und Astern. Jetzt geht wahrhaftig das Telefon. Wie viele Störungen nacheinander!
»Wer ist da? Wer?« Ich muß zweimal nachfragen, bevor ich begreife, daß ich mit Anja spreche. Sie ruft von einer Telefonzelle aus an, sagt sie, gleich am Ende unserer Straße beim Supermarkt. Sie habe eben schon bei uns geklingelt, aber wir hätten sie wohl nicht gehört.
Anja? Was will Anja von uns? »Was willst du denn?« frage ich mißtrauisch. Wahrscheinlich will Ines wieder irgend etwas kontrollieren. »Schickt deine Mutter dich?« Nein. Anja erklärt verworren, daß es wegen Deutsch sei, sie habe den Leistungskurs Deutsch gewählt und sei auf der Suche nach Literatur zu einem schwierigen Thema. Ines wisse nicht einmal, daß sie zu uns gefahren sei. Das erfüllt mich mit großer Befriedigung, während ich es Paul weitererzähle. »Ich habe nicht alles verstanden, aber es geht um Bücher.«
»Eine Hausarbeit zum Thema ›Motive der antiken Mythologie in der modernen Literatur‹«, wiederholt Anja fünf Minuten später, während sie sich, zunächst etwas verlegen, zwischen Paul und mir in der offenen Balkontür lümmelt. Sie war viele Jahre nicht mehr allein bei uns, ich kann mich gar nicht mehr erinnern, wann zuletzt. »Hey, was für ein toller Dschungel ist euer Balkon da draußen.«
Paul ist ganz aufgeregt wegen dieser Literatursuche; er verlangt nach seinem Gehgerät, um uns ins Wohnzimmer zu begleiten. Orpheus und Eurydike, brummelt er, Antigone, und noch etwas, was ich beim besten Willen nicht verstehen kann. Bernard Shaw? Aber doch nicht Shaw, Paul!
Sei einen Augenblick ruhig, wir müssen uns jetzt überhaupt erst einmal zurechtfinden. Da türmen sich die beiden düsteren Regale, in denen die Bücher nicht nur eng gequetscht,

sondern auch kreuz und quer in die Reihen gestopft stehen, so wie Ines sie am Einzugstag aus den Kartons geholt hat, inzwischen von einer dicken Staubschicht bedeckt. Paul und ich haben seitdem nur in ein paar Bänden geblättert, die wir aus den unteren Regalbrettern ziehen konnten, und weil es viel zu mühsam war, sie wieder zurückzustecken, haben wir Stapel in der Ecke auf dem Boden angehäuft.

»Wo soll ich gucken?« fragt Anja sachlich. Paul schlägt die »Abteilung Theater« vor. Ach Paul, das war einmal, im alten Haus, da hatten wir die Bibliothek nach Sachgebieten gegliedert. Unsere frühere Bibliothek bot einen beeindrukkenden Anblick, in Pauls Arbeitszimmer nahmen die Bücherregale drei der vier Wände ein, sie wuchsen vom Boden bis zur Decke, und innerhalb der Sachgebiete waren die Bücher alphabetisch nach Verfassern geordnet, wie es sich gehört. Ich hatte sogar einmal daran gedacht, eine richtige Kartei anzulegen, aber den Gedanken aufgegeben, weil Paul immerfort neue Bücher kaufte und mir der Garten wichtiger war. Unsere frühere Bibliothek wurde genutzt, sie lebte, sie atmete und erfüllte das ganze Haus mit ihrer Ausstrahlung. Die gesamte Belletristik befand sich im Wohnzimmer, die Lyrik und die Anthologien im Gästezimmer, und im Treppenhaus gab es eine Märchensammlung.

»Ganz schön viele Bücher!« sagt Anja anerkennend. Dabei ist es doch höchstens ein Drittel der alten Bestände, das meiste hat Ines schon beim Umzug an ein Antiquariat verkauft.

Anja zieht wahllos dies und das heraus. Nein, versuch es mal oben rechts, das Hellbraune, das könnte der Brecht sein, und dann wären wir wenigstens schon mal beim Theater. Nein, es ist Faulkner. Aber was macht denn Hamsun gleich daneben, was hat der bei den Angelsachsen zu suchen?

»Lekon ake Mylie«, schlägt Paul vor und weist unbestimmt

nach links. Ja, wenn wir das »Lexikon der antiken Mythologie« fänden oder vielleicht die Bände der »Spectaculum«-Reihe, falls Anja sich nur auf Dramen spezialisieren will.
Anja scheint das Durcheinander in den Bücherschränken nicht zu stören, vielleicht ist es um ihre Bücher nicht besser bestellt, aber mich macht die Suche sehr traurig. Nach einer Weile kopflosen Hin- und Herlaufens lasse ich mich erschöpft neben Paul im Sessel nieder und beschränke mich wie er auf Vorschläge: Guck mal, da hinten, in der vierten Reihe von oben, das könnte »Spectaculum« sein. Die hatten wir doch nicht weggegeben, oder? Aber wie soll Paul sich erinnern können, der Umzug war doch viel zu bald nach seinem Schlaganfall. Ines müßte es wissen. Die Bücher sind bestimmt von Frau Feigel noch nie abgestaubt worden; Paul hustet seinen unangenehm rasselnden Husten, während Anja auf zwei Stühlen herumturnt, dann und wann einen Titel verkündend. Sie kümmert sich nicht mehr viel um meine Anweisungen, weil ich die dritte und die vierte Reihe, von oben und von unten, durcheinanderwerfe.
In einer weit zurückliegenden Zeit war ich Bibliothekarin, bevor ich zu meinem Vergnügen Gärtnerin wurde. Nicht nur der Garten, auch die Bibliothek, Pauls Liebstes, ist inzwischen verkümmert, verkrüppelt, verfallen, wie wir. Eine tote, nicht genutzte Anhäufung von bedruckten Seiten, die Ruine einer Bibliothek nur.
Doch Anja scheint zufrieden zu sein. Sie hat zwei einigermaßen brauchbare Literaturgeschichten aufgetan sowie das von Paul vorgeschlagene »Lexikon der antiken Mythologie«.
»Guckt mal, hier steht auch was über Philemon und Baucis. Über die haben wir neulich in Deutsch geredet. Unsere Lehrerin sagte, das ist eine ganz altmodische Auffassung von der Ehe, die man heute vergebens suchen wird. Heute gibt es nur noch die Wegwerfbeziehung.«

Hast du das gehört? Ich sehe zu Paul herüber, und Paul nickt, Einverständnis lächelnd.

Ich weiß wohl, welcher Baum in unserem Garten ich sein wollte: die Kirsche, und Paul wäre dann die Birne gleich nebenan. Ihre Zweige berührten sich und kamen einander doch nie in die Quere. Wir mußten sie nicht beschneiden; sie regelten selbst, wer von ihnen seine Äste wohin wachsen ließ, und die Nähe schadete nicht einmal ihrer Fruchtbildung. Aber heute wohnen fremde Leute im Haus, wer weiß, was die mit dem Garten angestellt haben. Vielleicht wäre es besser, wir zögen uns als Bäume gleich über die Wiese hinter dem Haus oben an den Waldrand zurück. Dort hätten wir einen luftigen Platz, einen schönen weiten Blick und den schützenden Wald im Rücken. Da gab es eine herrlich gewachsene Buche, an die ich mich deutlich erinnere, die wärest du, Paul, und für mich fände sich bestimmt etwas Passendes in deiner Nähe. Eine Linde hätte ich gern. In der Sage verwandeln sich Philemon und Baucis in Eiche und Linde, glaube ich.

Anja hat sich begeistert in einen Bildband von Gustav Klimt vertieft. »Was ihr für tolle alte Bücher habt!«

»Den kannst du gern mitnehmen«, sagt Paul, und diesmal versteht ihn Anja ohne Übersetzung.

»Das ist lieb. Ich muß mal wiederkommen, wenn ich Zeit hab', zum Stöbern. Bei uns steht bloß dieses ätzende Psycho-Zeug rum, das Mama so liest, warum Frauen zu sehr lieben und die Männer so sind, wie sie sind, und die Männer die Frauen nie verstehen, ihr wißt schon.«

Wenig später zieht sie mit fünf Büchern und dem erklärenden Hinweis ab, daß sie sich weder zu Tode schleppen noch Tag und Nacht für ihre Hausarbeit lesen wolle. Wahrscheinlich werden wir nicht nur den Klimt, sondern auch die anderen Bücher nie wiedersehen – aber was soll's? Bäume brauchen keine Bücher. Ich kann die Worte nicht mehr entziffern und Paul sich auf ihren Sinn nicht mehr konzentrieren.

Ihr Besuch war unerwartet eine angenehme Abwechslung, obwohl wir beide sehr erschöpft sind, nachdem sie fort ist. Die Bücherregale sind in noch wüsterem Zustand als zuvor. Philemon bedeutet »der Liebende« und Baucis »die Zärtliche«, hat uns Anja aus dem Lexikon vorgelesen. »Wußtest du das, Paul?« Er fährt hoch und schüttelt den Kopf, war wohl schon wieder im Sessel eingenickt.
Ich möchte gern wissen, was aus den beiden wurde. Nachdem sie sich in Bäume verwandelt hatten, meine ich, ganz am Ende. Das verschweigt Ovid. Traf sie gleichzeitig der Blitz? Wurden sie vom selben Sturm entwurzelt und zu Boden geworfen? Oder hat man sie wenigstens am selben Tag gefällt? Eigentlich dürfte man das von einem Göttergeschenk erwarten.

XVI.

Plötzlich wirbeln die Dinge durcheinander, alles überschlägt sich, ich weiß nicht mehr ein noch aus. Anruf von Dr. Rakker: »Ihr Mann soll morgen früh um acht im Vinzenz-Krankenhaus sein.« Einfach so, ohne Vorwarnung. »Man hat mich selber erst vor zwei Stunden benachrichtigt.« Das geht doch gar nicht, wie sollen wir das denn schaffen, ich meine, da müssen doch Dinge zusammengesucht und gepackt werden, das braucht doch Zeit und Überlegung, ich bin ganz allein, wie stellen Sie sich das denn vor? Aber ich komme nicht dazu, ihm irgend etwas davon zu sagen, weil ich so überrumpelt bin. Dr. Racker hat schon längst eingehängt, und ich stehe da wie eine Idiotin, mit dem Hörer in der Hand.

Das ist das Ende. Der Schock hat mir alle Kraft geraubt und das bißchen, was an praktischem Verstand noch da ist. Wie sollen wir bloß ins Krankenhaus kommen? Was muß man mitnehmen? Ich hocke wie gelähmt neben dem Telefon, seitlich an die stützende Wand gelehnt. Schlafanzüge natürlich, Seife und das Zeug für die Prothesenreinigung. Paul besitzt keinen ordentlichen Bademantel. Muß ich das Taxi jetzt schon bestellen? Wird der Taxifahrer Paul auch durchs Treppenhaus helfen? Ines hat doch Schule, und sie wird sich kaum so kurzfristig freimachen können. Verzweifelt wähle ich ihre Nummer, und jetzt erst fällt mir ein, daß der Doktor nur von Paul gesprochen hat. »Es ist mir gelungen, ein Bett für Ihren Mann zu bekommen.« Aber man hatte mir doch versprochen, daß ich Paul ins Krankenhaus begleiten könne, daß wir zusammen ein Zimmer bekämen! Was ist los, Elli, du flüsterst ja, ich kann dich kaum verstehen. Aber du hast doch gesagt, ich könnte mit Paul ins Krankenhaus gehen, und jetzt sagt Dr. Racker, nur Ihr Mann, ein Bett für Ihren Mann, und gleich morgen früh schon. Wie soll ich das schaffen, Paul wird es nicht überstehen.

»Beruhige dich, Elli«, sagt Ines. Sie ist sehr lieb, wirklich, ich bin ihr dankbar dafür, wie sie die Dinge sogleich in die Hand nimmt. Warte ein bißchen, Elli, reg dich nur nicht auf, jetzt rufe ich erst mal bei Dr. Racker an und lasse mir die Einzelheiten erklären, und dann komme ich sofort zu euch rüber, in einer Stunde etwa bin ich da, dann sehen wir weiter. Fang auf keinen Fall an zu packen, setz dich ruhig hin, beruhige auch Vater, wie wäre es mit einem schönen Melissetee für euch beide?

Wenn sie nicht ihre Hilfe angeboten hätte, würde ich mich ins Bett legen, die Decke über den Kopf ziehen und mich einfach totstellen. Niemandem die Tür aufmachen, schlafen, bis alles vorüber ist. Paul hat es gut, er muß keine Entscheidungen treffen, niemand erwartet von ihm, daß er handelt.

Ines hat Paul und mir Valium mitgebracht, und mit einmal ist es schon nicht mehr morgen, sondern heute, und ich fahre in Ines' rotem Golf hinter dem Krankenwagen her, in dem sie mir Paul weggenommen haben. Ich bin jetzt völlig ruhig, dumpfe Leere ist in meinem Kopf. Nur würde ich mich gern irgendwo festhalten und kann keinen Halt finden.

»Was wühlst du immerfort herum, Elli, hast du was verloren?«

»Ich will mich bloß festhalten.«

»Aber so schnell fahre ich doch gar nicht.«

Paß bloß auf, daß du Paul nur ja nicht verlierst, daß wir dicht hinter ihm bleiben. Da drinnen sitzt Paul in einem Rollstuhl, doch ich kann weder ihn noch den Sanitäter erkennen, auch nicht, wenn wir an den Ampeln halten, nicht mal verschwommene Umrisse hinter den Milchglasscheiben. Zum Glück fahren sie ohne Blaulicht, ohne Tatütata, wie nach dem Schlaganfall. Damals saß ich im Krankenwagen; Paul war bewußtlos, und ich selber halb von Sinnen. Sie hatten mir eine Spritze gegeben. Habe ich nicht seitdem ständig in Erwartung einer neuen Katastrophe gelebt?

Ines wirft mir einen Seitenblick zu. »Du mußt nicht solche Angst haben, wirklich nicht.« Sie sagt das nicht zum ersten Mal, aber das macht die Sache nicht besser. Warum kann ich nicht bei Paul im Krankenhaus bleiben?

»Weil sie kein Bett mehr frei haben. Ich habe es dir doch erklärt.« Ines war davon ausgegangen, daß Paul als Privatpatient ein Einzelzimmer bekommen würde, in das man für mich ohne große Schwierigkeiten ein weiteres Bett hätte hineinstellen können. Nun sind aber zur Zeit wohl überhaupt keine Einzelzimmer frei; Paul muß in ein Zweibettzimmer, zusammen mit einem anderen Patienten. – Aber warum konnte man nicht warten, warum hat Dr. Racker es denn plötzlich so eilig mit Paul?

»Du machst mich ganz nervös mit dem Geflatter deiner Hände, Elli. Könntest du sie nicht einen Augenblick ruhig auf dem Schoß lassen?«

Nach dem Schlaganfall durfte ich bei Paul im Krankenhaus bleiben, nicht sofort, aber schon am zweiten Tag war ein Doppelzimmer für uns frei. In den letzten zwanzig Jahren war ich wohl nur diese eine Nacht von ihm getrennt. Warum muß es gerade jetzt zu regnen beginnen? Zwischen zwei Bewegungen des Scheibenwischers zerfließt das Bild des Krankenwagens vor uns. Wenn wir ihn nun verlieren? Wenn wir ankämen und Paul da drin bewußtlos wäre?

»Es ist doch nur für etwa eine Woche«, sagt Ines, »das ist doch nicht die Welt. Was zählt schon eine Woche für euch, die ihr vierzig Jahre zusammen seid.«

Aber das ist es ja gerade. Sinnlos, ihr etwas erklären zu wollen.
»Nächste Woche um diese Zeit ist er schon wieder bei dir zu Hause.« Sie meint es gut.
Warum kann ich dich nicht mehr vor mir sehen, Paul?
Was machst du? Hast du die Augen geschlossen? Versuchst du, mit dem Sanitäter zu reden? Warum bin ich hier und nicht bei dir? Man sieht nichts von den Straßen, durch die wir fahren, an den Seitenscheiben strömt der Regen herab; nichts als nasse graue Mauern rechts und links, manchmal seitlich aufspritzende Pfützen, und an den Ampeln kriechen die roten, gelben und grünen Flecken ineinander. Niemandsland.
Wenn sie die Tür des Krankenwagens öffnen und es wieder der Paul von damals ist, mit geschlossenen Augen, gerötetem Gesicht, dem fremden, schiefen, offenstehenden Mund, aus dem ein schwerer röchelnder Atem fährt? Sein rechter Arm baumelt schlaff, als sie ihn herausheben, das eine Hosenbein ist urindurchnäßt. Das ist meistens so beim Schlaganfall, erzählt der Sanitäter, wohl um mich zu trösten, während ich mit aufgerissenen Augen Paul in diesem Gesicht suche.
Wenn Paul etwas zustößt im Krankenhaus. Ich kann ohne Paul nicht sein.
»Oh, Elli, nun hör schon auf zu stöhnen! Wenn Grund zur Sorge bestünde, dann würde ich mir schließlich auch welche machen. Er ist immerhin mein Vater.«
Die Zeit hüpft. Ich habe mich noch nicht daran gewöhnt, daß Paul mir nicht mehr helfen kann. Das ist vielleicht das Schrecklichste: seine allmähliche Abreise aus dieser Welt. Wie ich ins Schlafzimmer stürzte nach Rackers Anruf: Es ist soweit, Paul! Schon morgen kommen sie dich holen! Da schaute er mich nur verständnislos an, ein paar schmerzliche Sekunden lang, und als er begriffen hatte, wovon ich sprach, zuckte er nur die Achseln und gab ein nichtssagendes »Er-

rem« von sich, nicht gerade erfreut, aber auch nicht besonders entsetzt. Ich fürchte, er macht sich gar nicht klar, was das bedeutet. Du mußt allein ins Krankenhaus, Paul, sie lassen mich nicht mit dir gehen, wir werden tagelang getrennt sein, eine ganze Woche, ich kann nicht aufpassen, was sie mit dir anstellen – ich weiß nicht einmal, wie ich dich besuchen soll. Nun begann er, ein bißchen ängstlich dreinzusehen, vielleicht aber auch nur, weil ich zu weinen anfing. Ich weinte und war böse auf mich selbst: Warum muß ich ihm auch noch angst machen? Vielleicht ist es viel besser, wenn er gar nicht weiß, was auf uns zukommt, wenn er das ganze Ausmaß der Bedrohung nicht ahnt.
Ich muß Ines sehr dankbar sein. Wer weiß, was ich ohne sie angestellt hätte, gestern, heute. Ich fühlte mich schrecklich allein, als ich auf sie wartete. Ich konnte nicht einfach auf sie warten, ich stolperte in der Wohnung herum. Erst als ich dieses Valium geschluckt hatte, wurde es ein bißchen besser. Auch Paul bekam Valium, obwohl er so oder so gleich wieder eingeschlafen wäre. Er wunderte sich nur kurz über die Unruhe, die da plötzlich über uns hereinbrach. Ines hatte nämlich auch Frau Feigel herzitiert, und die beiden durchwühlten unseren Kleiderschrank, während ich hilflos herumstand. »Wanlo?« ließ sich Paul ein- oder zweimal aus dem Schlafzimmer vernehmen, bevor sein Schnarchen ertönte. Sie wolle Pauls Krankenhausaufenthalt zum Anlaß nehmen, endlich einmal unsere Garderobe durchzusehen und einiges auszusortieren, erklärte Ines. Paul brauche einen neuen Bademantel und anständige Schlafanzüge, mindestens zwei; seine alte Kulturtasche aus braunem Leder, die ich ihm vor Jahren geschenkt hatte, war ihr auch nicht mehr gut genug. »Willst du mitkommen, Sachen für Vater einzukaufen?« Aber ich war froh, daß ich allein bei Paul bleiben durfte, wenigstens die paar Stunden noch. Frau Feigel wurde mit vollgestopften Plastiktüten zur Reinigung geschickt,

außerdem trug Ines ihr auf, einen noch viel größeren Kleiderhaufen in den nächsten Tagen zum Roten Kreuz zu bringen. »Ihr habt viel zuviel überflüssiges Zeug, da kann ja kein Mensch Ordnung halten.«

Ich war wie betäubt, mir war alles so egal. Ich habe immer abwechselnd den Kopf geschüttelt oder genickt, wenn Ines ein Kleidungsstück hochhielt: »Also, diesen Lumpen kannst du ja wohl entbehren! Diese Hose darf Vater auf keinen Fall mehr anziehen! Den Pulli kannst du nicht mal mehr als Putzlappen verwenden!«

Ich nickte im Sessel ein. Zwischendurch schreckte ich hoch, verstört von der spürbaren Feindseligkeit zwischen Ines und Frau Feigel. Es war von Ungeziefterecken die Rede und von Mottenpapier, und Ines sagte, daß man die Schränke vollständig leeren und mit Lavendelwasser auswaschen müsse. »Essig!« rief Frau Feigel zornig und lief rot an und drohte fortzugehen. Ich wußte nicht, ob ich schlief oder wachte und Paul noch bei mir war oder schon fort; ich sehnte mich danach, neben ihm im Bett zu liegen und seine Hand zu halten. Wenn ich schliefe, würden die beiden verschwinden wie ein Spuk, und das Krankenhaus mit ihnen. Ich weiß nicht, wie ich ins Bett gekommen bin und wo Ines ihr Nachtlager aufschlug, jedenfalls war es ganz plötzlich wieder Morgen, war es ohne Übergang heute, und erst eben gerade, daß Ines wie ein Sturmwind über uns herfiel, uns weckte, Paul anzog, das Frühstück bereitete, alles so schwindelerregend schnell und geschickt, daß mir ganz flau im Magen wurde. Ich habe es in dieser Zeit kaum geschafft, mich selber anzuziehen, und hatte gerade einen Schluck Kaffee getrunken, als die Sanitäter schellten.

Ich bin wohl immer noch von dem Schlafmittel benebelt. Mir ist, als hätte ich Watte im Kopf und wäre auch selber in ein Wattefutteral gepackt. Die Stimmen klingen anders, die Gesichter sind fremd. Vielleicht ist es auch das trübe Regenwetter, das die Geräusche dämpft. Selbst mein Panikgefühl erscheint unwirklich, als gehöre es zu jemand anderem. Ich bin in einem Zwischenreich, in dem die Zeit stillsteht, in einer fahrenden Tropfsteinhöhle.

»Du kannst ihn jeden Tag besuchen«, erklärt die ferne Stimme von Ines. »Natürlich kann ich dich nicht immer ins Krankenhaus fahren; ich muß ja morgens zur Schule und habe meist auch nachmittags zu tun. Aber es gibt einen Bus, der vom Markt abgeht und direkt am Haupteingang hält, und wie du von euch zum Markt kommst, weißt du ja.«

Sie klingt ganz wie die monotone Stimme des Ansagers, die ich manchmal im Halbschlaf höre, unpersönlich. Ich habe größte Mühe zu begreifen, wovon die Rede ist, doch ich weiß, daß es mir nur angst machen würde, wenn ich es ganz und gar verstünde. In diesem Zustand sind die Dinge noch erträglich und dem vorzuziehen, was danach kommt, so daß sie von mir aus immer weiter fahren könnte.

Natürlich würde ich lieber neben Paul sitzen und seine Hand halten, während wir durch das Nichts fahren. Warum bin ich überhaupt hier und nicht bei ihm?

»Keine festen Besuchszeiten«, sagt Ines Stimme an, »Einlaß bis neun Uhr abends.«

Die Zeit macht komische Sprünge, vor und zurück.

»Sie können da jetzt nicht herein.« Ich halte Pauls Hand umklammert, fest, ganz fest. Wieso denn nicht? Sie ist doch bewußtlos, und wir gehen auf Zehenspitzen, wir rühren bestimmt nichts an. »Ach so, Sie sind die Mutter. Das tut mir leid.« Es ist Annie, die sie still und weiß auf einer Trage aus dem Notarztwagen heben. »Zurückbleiben, bitte.« Passen Sie doch mit dem Arm auf, den sie sich gebrochen hat! Sie ist nur bewußtlos, Paul, es ist überhaupt kein Blut da. Nur ein winziges, kaum sichtbares Rinnsal, das aus der Nase läuft, schon wieder verschwunden, schon eingetrocknet, schon fortgewischt vom Doktor, der mit uns im Notarztwagen fuhr und jetzt sein Gesicht abwendet. Das Fahrrad war gräßlich zugerichtet, aber nicht einmal ihr roter Faltenrock ist schmutzig geworden, nur die Bluse, ein bißchen. Der Arm hängt seltsam verdreht an ihr herunter, aber das werden sie wohl wieder hinkriegen, und er scheint ihr auch nicht weh zu tun. Die Augen geschlossen in einem weißen, feinen, stillen Gesichtchen. Sie schläft, und ihr Gesicht ist so klein geworden dabei. Es kann nicht so schlimm sein, Paul, denn es ist doch überhaupt kein Blut da. Der Doktor geht leise aus dem Zimmer. Tu doch was, Paul, sag ihnen, daß wir bei ihr bleiben wollen, bis sie wieder aufwacht! Paul verbirgt schluchzend das Gesicht in beiden Händen.

»An der Pforte fragen. Innere Station II, die Zimmernummer werden wir gleich erfahren. Der Stationsarzt heißt Lämmle.«

Was redet und redet sie!

Die Zeit hüpft vor und zurück. Mal bleibt sie auf der Stelle stehen und lauert bewegungslos. Dann rast sie ohne Vorwarnung los, springt, schlägt einen Haken und kommt wieder zum Ausgangspunkt zurück. Paul ist nicht hier bei mir, sondern da vorne im Krankenwagen. Jetzt ist das geschehen, vor dem ich in den letzten Jahren am meisten Angst hatte: Man hat uns aus unserem Mauseloch gezerrt, in dem wir uns verkrochen hatten, und nun sind wir mittendrin in der hüpfenden und zuckenden Zeit.

»Station II ist im zweiten Stock.«

Ich kann das alles jetzt doch nicht behalten. Ich weiß nicht, ob Ines an den lieben Gott glaubt, Paul hat das nie getan, und ich habe es mir schon vor langer Zeit abgewöhnt. Aber zumindest weiß ich, daß Ines ihren Vater liebt, auf ihre Weise.

»Du mußt zugeben, daß es ziemlich schlimm geworden ist mit seiner Atemnot, und dann diese sonderbaren Schluckbeschwerden. Also, ich finde schon gut, daß sie da jetzt mal richtig nachgucken.«

Wir halten mit einem plötzlichen Ruck. Vor uns im Nebel steigt eine weiße Wand auf. »Wir müssen hier parken. Der Krankenwagen kann bis zur Auffahrt durch.« Das Krankenhaus ist ein großer weißgekachelter Würfel, an dem das Regenwasser herabfließt.

»Und reg dich jetzt bloß nicht auf, Elli, ich kümmere mich schon um alle Formalitäten bei der Aufnahme.« Ich hocke zusammengesunken auf dem rechten Vordersitz. »Wenn wir dann Vater erst einmal sicher im Bett haben, bringe ich dich auf dem Weg zur Schule wieder nach Hause; dann schläfst du erst einmal in Ruhe dein Valium aus.«

Kommt überhaupt nicht in Frage. Ich fahre hoch, rüttle am Türgriff, ich will zu Paul. Ich ziehe und zerre und schaffe es endlich, herauszukrabbeln. Wo ist dieser Krankenwagen? Ich muß dasein, wenn er die Augen aufschlägt. Ich bin bei dir, Paul, in guten und in schlechten Zeiten.

Ich werde den ganzen Tag bei ihm im Krankenhaus bleiben und mich nicht von seinem Bett fortrühren. Wenn sie mich am Abend hinauswerfen, kann ich mir ein Taxi nach Hause nehmen.

»Vorsicht, Elli! So warte doch, bis ich den Wagen abgeschlossen habe. Du läufst ja in die falsche Richtung, da drüben ist der Eingang.«

XVII.

Mitten in der Nacht, und etwas macht taptap: der Regen. Doch es ist nicht das zärtliche Knistern des Sommerregens, diese streichelnden, kichernden Laute, denen ich früher so gern in der Nacht lauschte, als wir noch im Haus lebten, Sommerregen, der die Blumen und Büsche umschmeichelte. Dies hier ist ein stures, monotones Geräusch, blind und dumpf, gleichgültiger Regen, der sich weder um Pflanze, Mensch noch Tier schert.

Während ich unnachgiebig vom Regen wachgeklopft werde, sammelt sich Angst in mir, die würgt und grinst. Wo bist du, Paul? Ich taste im Dunkeln nach seinem Körper, da erst wird mir bewußt, daß das wichtigste Geräusch fehlt: Pauls Atmen, sein rasselndes Schnarchen. Jetzt schwappt endgültig Panik über mich.

Paul ist im Krankenhaus. Ich bin allein.

Irgendwo ist da ein Loch in der Zeit. Ein Stück Erinnerung fehlt. Ich saß doch noch vor kurzem an seinem Bett, in einem geweißten Zimmer mit blendend weißen Bettüchern, wo es penetrant nach Desinfektionsmitteln roch. Ich versuche mich daran zu erinnern, während alle meine Sinne in höchster Alarmbereitschaft Antennen in das mich umgebende Dunkel ausfahren. Wie bin ich überhaupt vom Krankenhaus zurück in die Wohnung gekommen, wann und wie? Ich habe aber keine Zeit mehr, darüber nachzudenken, weil ich meine Kräfte sämtlich gegen das Entsetzen mobilisieren muß.

Mit taptap stapft der Regen um das Haus, blind und böse.

Ich ziehe die Decke höher, übers Gesicht; ich will nichts sehen, nichts hören, nur schlafen. Ich muß doch morgen ausgeruht sein, ruhig und stark, um Paul und mir Mut zu machen. Doch unter der Decke, wo mein Atem gepreßt und stoßweise geht, richten sich mir die Haare auf vor Angst; ich spüre ein häßliches Kribbeln in der Kopfhaut. Mit einem Ruck ist alles unter Strom gesetzt; das Bett ruckelt wie bei einem Erdbeben und hebt plötzlich mit allen vier Pfosten vom Boden ab. Es schwebt einen halben Meter über dem Parkett in gräßlicher Leere.

Das hätten Sie sich wohl gedacht, hier so einfach zu schlafen, sagt eine Stimme. Schlafen, während Ihr Mann im Krankenhaus ist. Das ist häßlich und egoistisch gedacht. Es ist die Stimme des Ansagers aus dem Radio.

Ich zerre mir zitternd die Decke vom Kopf und setze mich im Bett auf. Schwindelgefühl, Ohrensausen. Schnell, das Licht an! Niemand ist im Zimmer, das Bett steht schon wieder fest auf dem Boden. Pauls leere Hälfte, ungewohnt ordentlich, mit glattgestrichenen frischen Bezügen, berührt mich schmerzlich fremd. Wenn er da neben mir läge, hätte sich unser Bett nicht in die Luft gehoben, soviel ist sicher.

Ich muß versuchen, bei Licht wieder einzuschlafen. Das ist ungewohnt, und ungewohnt ist auch meine Haltung, von Pauls Bett abgewandt, damit meine weit aufgerissenen Augen die Leere nicht sehen. Kein Mensch weiß, wieviel Uhr es ist. Ich habe meine Uhr verlegt. Oder vielleicht im Krankenhaus liegengelassen? Wie merkwürdig, daß die Vorhänge sich leise bewegen, obwohl die Fenster doch geschlossen und die Jalousien dahinter herabgelassen sind. Als hätte eben dort noch jemand gestanden, der im Hui hinaus in die Diele geschlüpft ist, fort ins Dunkle, und dort leise kichert. Durch den Spalt der angelehnten Schlafzimmertür sehe ich ein bläuliches Licht aus der Küche fluten.

Es hilft alles nichts: Ich muß aufstehen, die Wohnung kontrollieren und überall Licht machen. Zu meiner Sicherheit packe ich die halbvolle Mineralwasserflasche mit der rechten Hand um den Hals. Paul sagt immer, das sei die beste Verteidigungswaffe. Mir wäre allerdings eine Axt lieber oder ein schwerer Vorschlaghammer, doch solches Gerät besitzen wir hier nicht. Statt dessen krame ich ein großes Fleischermesser aus der Küchenschublade. In der Küche ist niemand mehr: Wahrscheinlich sind sie schon über den Balkon heruntergestiegen. Vergeblich wühle ich im Wandschrank nach Keksen, Kekse in der Nacht beruhigen, aber es ist nichts mehr da außer einer angebrochenen Packung von ekelhaft schmeckendem Zwieback, uralt. Ich habe Frau Feigel im Verdacht, daß sie heimlich von unseren Vorräten ißt. Vielleicht sollte ich mir jetzt einen schönen Kakao machen, das beruhigt die Nerven.

Ich poltere durch die Küche, da fällt ein Topf, dem scheppernd der Deckel fortläuft, und etwas Kleines rutscht mir aus dem Kühlschrank entgegen und bricht am Boden entzwei. Weil ich keine Milch finden kann – notieren: Frau Feigel sagen, daß sie neue Milch besorgen soll –, setze ich Wasser auf. Man kann den Fertigkakao nämlich auch mit Wasser anrühren, das schmeckt nicht so gut, aber immerhin etwas.

Wo kommen denn diese Kaffeetassen her, die über den Tisch verteilt stehen? Wir trinken doch seit Jahren keinen Kaffee mehr; ich vertrage ihn nicht, und Paul mag lieber Tee. Doch, das ist Kaffee, ich schnuppere an den Tassen, drei Stück, noch halbvoll, als seien die Eindringlinge bei ihrer Party überrascht und aufgestört worden. Auch in der Kanne ist noch Kaffee. Sie haben sich hier heimlich getroffen, während ich fort war. So etwas habe ich immer befürchtet, sie können nämlich ohne weiteres auch durch geschlossene Fenster und Türen dringen. Ich muß die Tassen schnell beseitigen, damit sie nicht wiederkommen.

Mit den Kaffeepfützen gieße ich die Diephenbachie im

Wohnzimmer. Eigentlich ist es gar keine Sie, diese Pflanze, so fleischig, groß und breitschultrig, muß es sich um einen Er handelt: Herr Diephenbach. Herr Diephenbach ist Pauls bester Gesellschafter; er liebt Kaffee wie Tee und schätzt ein kleines Täßchen dann und wann. Es bekommt seinem Blattwuchs. Blattwuchs oder Bartwuchs? Das ist komisch. Wenn er aber weiter so wuchert, wird er am Ende zu fett für seine Ecke; er wird Paul in seinem Lieblingssessel bedrängen. Da muß ich dann doch Einhalt gebieten. Einen Augenblick überlege ich, ob ich ihm gleich jetzt mit dem Fleischermesser, das ich noch in der Hand halte, zu Leibe rücken soll, wenigstens die unverschämtesten Blätter kappen. Pauls leerer Sessel gibt mir nämlich zu denken. Doch da pfeift laut in der Küche der Wasserkessel. Wozu hatte ich denn Wasser aufgesetzt? Um die Kaffeetassen zu spülen. Aber das läßt sich doch ebensogut morgen besorgen. Ich bin jetzt so schrecklich müde. Es reicht auch, wenn ich morgen nach den Balkonpflanzen schaue.

Aber nicht hudeln, Elli: erst die Herdplatte ausdrehen, dann den Kessel vom Herd nehmen, dann das Licht aus, dann ins Schlafzimmer, eins nach dem anderen, damit es kein Unglück gibt.

Pauls leeres Bett. Ich weiß genau, daß Paul im Krankenhaus ist und nicht tot. Ich muß jetzt sofort das Licht ausschalten, um dieses Bett nicht zu sehen. Wenn ich jetzt ein wenig schlafe, ist gleich morgen, und ich kann ihn im Krankenhaus besuchen.

Die Uhr in der Diele schlägt einmal. Nachts, wenn man wach liegt, schlägt sie immer nur einmal, deswegen weiß man nie, halb wieviel es ist.

Kaum will ich eindösen, merke ich, daß ich das Radio wieder angelassen habe, leise zwar, doch nicht zu überhören. Dafür stehe ich aber jetzt nicht noch einmal auf. Die monotone Stimme des Ansagers leiert die Nachrichten herunter, fast ohne Modulation. Irgendwo schießen sie noch oder wieder, ein Attentat, immer neue Flüchtlingsströme. Dann ist plötzlich von einer Rattenplage die Rede, nicht irgendwo, sondern hier bei uns. Alle Haushalte werden davor gewarnt, ihre Abfälle auf die Straße zu werfen. Die Ratten kommen von den illegalen Müllkippen draußen vor der Stadt, sie sind zu Hunderten und Tausenden im Anmarsch auf die Wohnviertel. Übergangslos wendet sich der Sprecher direkt an mich, ohne Pause, ohne Änderung seiner gleichmäßigen Stimmlage. Er redet mich nicht an, aber ich weiß sofort, daß ich gemeint bin: Kein Wunder, bei der Schlamperei in Ihrem Haushalt, das ist ja die reine Polackenwirtschaft, das gefundene Fressen für die Ratten. Vergebens versuche ich, mich zu verteidigen: So schlimm ist es nun auch wieder nicht, und warum sollte man vom Fußboden essen können, dafür gibt es doch Tische. Gerade im Alter muß man doch wesentliche von unwesentlichen Beschäftigungen unterscheiden lernen und kann nicht den ganzen Tag mit Saubermachen verbringen. Doch die Stimme des Ansagers redet einfach über mich hinweg: Sie werden schon sehen, Tausende und Abertausende von Ratten. Sie kommen immer näher, ein huschender Zug, die raschen flinken Nasen mal hierhin, mal dahin, metallisches Glitzern in den Augen, wenn sie mit ihren spitzen Zähnen angelockt werden vom Gestank. Sie halten sich nicht lang über verschlossenen Türen und Fenstern auf, sondern klettern an den Hauswänden hoch und fressen sich durch morsche Fensterrahmen hinein, oder sie schwimmen durch die Kanalisation und kommen eines Tages mit triefenden Schnurrbärten aus dem Abort gekrochen. Sie quetschen sich durch das Überlaufventil der Badewanne. Wenn sie einmal da sind, werden es immer mehr, Sie werden sehen, dann gibt es kein Erbarmen. Bald verstecken sie sich nicht mehr raschelnd in der Speisekammer, im Kleiderschrank, sondern sie springen am hellichten Tag auf Tisch und Bett herum, und kein Paul, der Ihnen beistehen kann. Der arme Mann. Wie wollen Sie ihn beschützen vor Hunderten von Ratten, die beginnen, an ihm herumzunagen, wie soll er sie abschütteln?

Aufhören! schreie ich. Das verfluchte Radio abstellen! Sofort!

Wieder finde ich mich senkrecht im Bett, mit gesträubtem Haar, wieder knipse ich atemlos die Nachttischlampe an und sehe das leere Bett neben mir. Gott sei Dank, sie können ihm nichts anhaben, er ist ja im Krankenhaus. Huscht es da nicht über den Boden, saust drüben nicht etwas Braunes, Längliches und verschwindet mit einem frechen Grinsen unter der Kommode? Sprang da nicht etwas Dunkles auf der Fensterbank und wieselt und wuselt hinter der Gardine? Ein spitzes zuckendes Maul guckt unter Pauls Nachtstuhl hervor.

Unsinn, Elli, alles Unsinn, das ist ein Pantoffel. Das Radio ist verstummt. Du hast geträumt.

Früher haben wir immer ein Schlückchen Kirschwasser genommen, wenn wir uns sehr aufgeregt hatten. Doch jetzt habe ich Angst vor dem Alkohol. Ines hat auch das Valium hier gelassen, das mir in der vergangenen Nacht so guten Schlaf brachte. Ich müßte nur aufstehen und es suchen.

Warum muß ich neuerdings so oft dieses Radio hören, diese Männerstimme, die mir Vorhaltungen macht. Sie behauptet dies und das, sie predigt, sie warnt, sie beschimpft mich und hetzt, immer in der gleichen Tonlage, scheinbar unbeteiligt. Ich kann das Radio nicht abstellen, weil es in meinem Kopf ist. Ich darf noch froh sein, wenn es nur über das Ozonloch geht oder das Fischesterben, über Ölteppiche und Giftmüllhalden, negativ aufgeladene magnetische Felder und atomare Strahlungen, Dinge, an denen ich bestimmt nicht schuld bin, jedenfalls nicht mehr als alle anderen. Immer öfter ist aber auch wieder von Krieg und Flucht

die Rede, von Geschützdonner und brennenden Städten, durcheinanderrennenden Menschen, die alten schrecklichen Bilder.
Wir sind auf der Flucht, wir haben nur wenig Krimskrams retten können, doch an diesem Wenigen tragen wir schwer genug. Mutter läuft voran, sie schiebt den Kinderwagen, in dem wir all unseren Besitz aufgetürmt haben. Ich trage Lisa auf dem Rücken – warum kann sie nicht selber laufen? – eine endlose Chaussee entlang. Man kann den Krieg hinter uns fühlen, er folgt uns auf den Fersen, er färbt den Horizont, wo man hinsieht, schwarz und rot. Ich höre Lisa leise hinter meinem Rücken jammern, mit dünnem Stimmchen, sie ist schwerer, als man denken mag, ein Gewicht wie Blei auf dem Rücken. Paß auf sie auf, Elli, du hast die Verantwortung! Ich verstehe wirklich nicht, warum sie nicht selber gehen kann wie alle anderen auch; ich kann doch kaum mich selber schleppen, Stunden um Stunden, Tage um Tage, immer diese staubige Allee mit Bäumen, an denen das rötlichbraune Laub vertrocknet. Als Mutter nicht herschaut, versuche ich, Lisa abzuschütteln, aber sie hält sich mit großer Kraft an meinem Rücken fest, huckepack. Sie hat aufgehört zu weinen. Komm da runter, du, ich will dich nicht mehr tragen, keinen Schritt mehr! Ich versuche, ihre Arme aufzubrechen, die meinen Hals im Würgegriff umklammern, ich zerre an ihren Beinen. Plötzlich habe ich beide einzeln in der Hand wie die Glieder einer großen Puppe. Dann gibt es einen Ruck, und der Rest von Lisa rutscht von meinem Rükken zu Boden. Das wollte ich nicht, denke ich erschrocken. Ich fahre herum und sehe, daß es nicht Lisa ist, sondern Annie, die tot am Boden liegt, Annie mit ihrem weißen, feinen, stillen Gesicht, das aussieht, als ob sie nur schliefe.
Ich erwache schweißnaß, halb auf, halb neben dem Bett, und halte mit jeder Hand ein Stuhlbein umklammert.
Wo bist du, Paul, warum bist du nicht hier, um mich zu

trösten? Ich will nicht wieder einschlafen, ich fürchte mich vor diesen schrecklichen Träumen. Ich will mich anziehen und auf den Balkon zu meinen Blumen gehen.

XVIII.

Warum hast du deine Schwester allein gelassen? fragte Mutter immer wieder. Wäre ihr denn besser gedient gewesen, wenn sie beide Töchter verloren hätte?
Es war nicht deine Schuld, hielt Paul dagegen. Er hat es mir in den ersten Jahren unserer Ehe oft und oft gesagt, tröstend, wenn mich die bösen Erinnerungen quälten. Du hast doch getan, was du konntest, du hast dich nach Kräften bemüht.
Du hättest sie bei Lisbeth und Karl lassen müssen, als du sahst, wie krank sie war, sagte Mutter. Dann wäre sie zwar im Osten geblieben, aber sie wäre noch am Leben.
Aber du wolltest doch, daß ich Lisa nach Hause hole! Auch Lisa selbst wollte unbedingt zurück nach Berlin. Sie hat wild protestiert, als Tante Lisbeth ihr vorschlug zu bleiben.
Ich habe mich auf dich verlassen, sagte Mutter, ich konnte ja wohl von dir erwarten, daß du dich richtig entscheidest.
Hätte, wäre, wenn, sagte Paul. Vielleicht hast du damals die Situation nicht richtig eingeschätzt, aber so etwas stellt man im nachhinein leicht fest. Und jetzt wollen wir nicht mehr von Lisa reden. Das ist doch nun alles schon so lange her.
Der Krieg folgt uns auf den Fersen; man kann sehen, wie er den Horizont hinter uns schwarz und rot färbt, man kann ihn in der Luft riechen, auf den Lippen schmecken. Lisa und ich laufen eine Chaussee entlang, die rechts und links von knorrigen Bäumen gesäumt ist, mit rötlich-braunen, vertrockneten Blättern. Ich kann nicht mehr, flüstert Lisa. Rechts und links, so weit das Auge reicht, dehnen sich verblühte Sonnenblumenfelder, unzählige schwarze Blüten-

scheiben, die an verdorrten Stengeln hängen. Du mußt aber, erwidere ich unfreundlich. Lisas Gesicht glüht, sie sieht mich bittend aus riesigen glänzenden Augen an, während sie vor sich hin stolpert.
Zwanzig, fünfundzwanzig Kilometer noch, bis wir die Bahnstation erreicht haben. Die müssen wir noch schaffen, setz einfach Fuß vor Fuß, ohne zu denken. Ich hab' so Durst, flüstert Lisa. Nicht schon wieder, wir haben doch gerade erst Pause gemacht; je öfter man anhält, desto schwerer wird es, begreif das doch, du mußt versuchen, ganz gleichmäßig zu gehen.
Lisa greift nach meinem Arm, umklammert ihn und läßt sich ziehen. O reiß dich doch ein bißchen zusammen! Wie stellst du dir das denn vor, ich kann doch dich nicht auch noch tragen. Ich schleppe schon den schweren Rucksack und rechts und links zwei Taschen, während auf ihrem Rücken nur ein schlaffer kleiner Beutel hängt. Nach und nach habe ich all ihr Gepäck übernommen. Nicht schon wieder stehenbleiben, Lisa! Rechts und links nicken die großen schwarzen Gesichter der toten Sonnenblumen in einem kleinen Wind, der über die Ebene geht, über die schwarzen Felder und die staubige Chaussee.
Mutter hatte sich erst spät entschlossen, Lisa zu den Verwandten aufs Land zu geben. Ihre gesamte Klasse war schon drei Monate zuvor in die Kinderlandverschickung gegangen. Ich war es, die Mutter klargemacht hatte, daß es unverantwortlich sei, Lisa während der Bombenangriffe in Berlin zu lassen. Am liebsten wäre sie selbst mit zu Lisbeth und Karl gefahren, aber sie mußte bei Erwin bleiben, ihrem invaliden Mann, der nicht reisefähig war.
Kannst du sie zurückholen? fragte mich Mutter, als die Lage im Osten brenzlig wurde und die Flüchtlingsströme anschwollen. Offensichtlich hatten wir Lisa in die falsche Richtung geschickt. Onkel und Tante ließen uns wissen, daß

sie in Powedel bleiben wollten; Haus und Hof zählten für sie mehr als die Angst vor den Russen. Sollen wir Lisa mit einem der Trecks schicken, die in der Gegend vorbeikommen? Sie war immerhin dreizehn, sie hätte auch allein zurückgefunden, aber da sie nur eine Halbtagesreise von dem Ort entfernt war, zu dem man mich auf eine Dienstreise geschickt hatte, versprach ich, sie auf dem Heimweg mitzunehmen.

Ich will nicht, daß Lisa dort bleibt, wenn die Russen kommen, sagte Mutter.

Sie ist seit gestern ein bißchen fiebrig, sagte Tante Lisbeth, als ich eintraf, ich glaube, sie brütet irgend etwas aus. Aber wer kann in diesen Zeiten schon auf ein bißchen Fieber Rücksicht nehmen. Ihr müßt euch beeilen, mahnte Lisbeth, die Nachbarn sind schon alle weg, und durch Sandmarken fahren kein Züge mehr. Ihr werdet zwei Tage laufen müssen bis zum nächsten Bahnhof, wenn ihr niemanden findet, der euch ein Stück mitnimmt. Willst du nicht doch lieber bei uns bleiben, Kind? Aber Lisa schüttelte wild den Kopf.

Ein paar Stunden ging es gut, doch wir hatten erst etwa ein Drittel des Wegs hinter uns, als Lisa zum ersten Mal »Ich kann nicht mehr« sagte. Du mußt aber! Ihre Arme zuckten beim Gehen, und ihre Schritte wurden unregelmäßig, sie keuchte, als ob sie die ganze Zeit gerannt wäre. Es fuhren nur wenige Fahrzeuge auf unserer Straße, von oben bis unten bepackt. Vergeblich versuchte ich, auf einem von ihnen einen Platz für Lisa zu bekommen.

Warum seid ihr nicht bei dem Bauern geblieben, wo ihr übernachtet habt? sagte Mutter.

Und meine Stelle in Berlin? Ohne Arbeit keine Lebensmittelkarte. Ich wollte zurück, und Lisa wollte auch nach Hause. Was hatten wir auf einem einsamen Bauernhof mitten im platten Land verloren? Außerdem wären die Leute bestimmt nicht begeistert gewesen, wenn sie uns am Hals gehabt hätten. Du hättest hören sollen, wie mißtrauisch die Frau sich nach Lisas Krankheit erkundigte, ob das Mädchen nicht etwa was Ansteckendes habe?

Lieber lebendig im Osten als tot auf der Flucht, wiederholte Mutter, stur, blind und taub.

Ich hatte gehofft, daß Lisa sich besser fühlen würde nach unserer Übernachtung beim Bauern, aber sie schlief unruhig, und am nächsten Tag war das Fieber noch gestiegen. Ich brauchte all meine Kraft, sie aus dem Stroh zu zerren.

Gib mir zu trinken, ich hab' so Durst. Ihre Glieder schienen ihr nicht mehr zu gehorchen. Wir haben nichts mehr, Lisa, erst im nächsten Dorf, beim nächsten Brunnen.

Sie war schrecklich mager und zu klein für ihre dreizehn Jahre. Es kann jetzt nicht mehr weit sein, höchstens zwanzig Kilometer, nur ein paar Stunden noch, dann kannst du dich ausruhen, wenn wir erst am Bahnhof sind, kannst du dich langlegen, bis ein Zug kommt. Wir bekommen bestimmt auch einen Platz für dich, die Leute werden dich sitzen lassen, wenn wir erst da sind. Ich redete auf Lisa ein, um sie voranzutreiben, aber irgendwann ging es nicht mehr; sie knickte einfach um.

Wir waren die letzten Stunden an der Bahnlinie entlanggelaufen. Dort stand am Rande der Sonnenblumenfelder eine alte Scheune, in die ich erst das Gepäck und dann Lisa schleppte, unter die Arme gefaßt. Ich weiß bis heute nicht, was für eine Krankheit sie hatte.

Du hättest bei ihr in der Scheune bleiben müssen, sagte Mutter, du hättest sie nicht allein lassen dürfen, in diesem Zustand.

Und was hätten wir essen und vor allem trinken sollen? Wir hatten kaum Wasser mehr, und Lisa litt unter schrecklichem Durst. Ich hoffte, wenn auch nur halbherzig, im nächsten Dorf irgend etwas mit Rädern aufzutreiben, eine Schubkarre oder einen ausrangierten Kinderwagen, womit ich Lisa und

das Gepäck bis zum Bahnhof hätte karren können. Ich war höchstens drei Stunden fort. Ich sah die Scheune schon von weitem brennen, zu laufen half gar nichts mehr.
Als ich keuchend dort anlangte, war das Gebälk schon zusammengestürzt. Zwei Frauen und ein alter Mann standen in einiger Entfernung und sahen stumpf den Flammen zu. Lisa! schrie ich. Sie hatten von ihr nichts gehört und nichts gesehen. Ich weiß nicht, wo die Leute herkamen, denn es gab weit und breit kein Haus. Tiefflieger hätten einen Zug beschossen, der vorüberfuhr, und dabei die Scheune getroffen. Sie wollten mich hindern, näher an das brennende Tor heranzutreten; ich riß mich los, aber schon nach wenigen Metern gab ich es der sengenden Hitze wegen von selber auf. Nach einiger Zeit verschwanden die drei und ließen mich mit dem Feuer allein. Sie ließen es einfach brennen, was sollten sie auch tun. Nie vorher, nie nachher in meinem Leben habe ich ein solches Feuer gesehen. Ich saß dort den Nachmittag, die ganze Nacht und die Hälfte des folgenden Tages allein, bis alles so heruntergebrannt war, daß man darin herumstochern konnte. Von unseren Siebensachen fand ich nur noch den Topf und die Pfanne, und ich ergriff die Flucht, als ich auf das stieß, was von Lisa übriggeblieben war, ein verkohltes Bündel halb neben, halb unter dem umgestürzten Scheunentor, das nur geschwärzt und ein wenig angesengt war. Ich erkannte sie an ihren Schuhen, die nicht verbrannt waren.
Nun hatte ich nur noch mich selbst zu tragen und konnte mich ohne größere Schwierigkeiten in einen der nächsten Züge quetschen, der mit ein paar Unterbrechungen auch irgendwann in Berlin ankam.
Ich beeilte mich nicht, nach Hause zu kommen. Erschöpft und schmutzig schlich ich durch die Straßen.
O Lisa, lauf schon, stell dich nicht so an! Du mußt einfach, wenn man will, dann kann man auch. Gib mir dein Zeug. Es

sind doch nur noch ein paar Stunden. Sie torkelt über die staubige Straße, ihr Gesicht glüht, und ein Windhauch bringt die hunderttausend schwarzen Sonnenblumen um uns her zum Nicken. Nur eine fiebrige Erkältung, sagte Tante Lisbeth. Wer weiß; vielleicht hätte sie es so oder so nicht überstanden, sie war sehr krank. Hätte sie nicht auch nach geglückter Flucht bei einem Bombenangriff in Berlin ums Leben kommen können? Vielleicht hätten die Russen sie erwischt, wenn sie dort geblieben wäre. Besser vergewaltigt als tot, sagte Mutter, und ihre Krankheit hätten wir schon kuriert. Und ich habe dir vertraut, sagte Mutter. Was soll all das Hätte und Wäre und Wenn, erklärte Paul zu meiner Unterstützung. Du hast getan, was du für das Beste hieltest. Es war nicht deine Schuld. In den ersten Stunden nach unserem Aufbruch von Powedel plapperte Lisa ununterbrochen vor sich hin, wirr und aufgeregt, von den Kindern im Dorf und was sie alles tun wollte, wenn sie erst wieder daheim wäre, rede nicht so viel, Lisa, spar deine Kräfte für den Weg. Ich begriff erst später, daß sie schon unter dem Einfluß des Fiebers stand, und wies sie unnötig schroff zurecht. Eine alte Frau, die in ihrem Gemüsegarten arbeitete, gab uns je einen Apfel und etwas Wasser zu trinken, ich wurde nervös, als ich den mitleidigen Blick bemerkte, mit dem sie Lisa streifte. Sie hatte keine Angst vor den Russen. Ich bin hier geboren und will hier sterben, erklärte sie und wies auf ein häßliches verfallenes Gehöft. Wenn ich Lisa bei ihr gelassen hätte?

Wie die Scheune brannte, lichterloh. Ich sah das Feuer von weitem und begann zu laufen, obwohl ich noch eine halbe Stunde entfernt war. Unmöglich, sich auf weniger als zehn Meter zu nähern. Sie hätten mich nicht festzuhalten brauchen.

Die Balken des Dachstuhls waren schon herabgestürzt.

»Wo ist Lisa?« Mutters Stimme bekam schon dieses hysterische Schrillen, als sie bloß mein Gesicht sah. Erschöpft,

schmutzig und abgerissen stand ich drei Tage später vor ihr. Ich hatte noch keine zwei Sätze gesagt, als sie schon mit Fäusten auf mich losging. Das hier war fast noch schlimmer als die brennende Scheune. Sie schrie und tobte; es war fast, als haßte sie mich. Ich wurde wieder zu einem kleinen Mädchen, das beide Arme vors Gesicht nahm, um sich vor den Schlägen zu schützen. Ich konnte doch nichts dafür, es war doch nicht meine Schuld, Mutter!
Du hast sie jämmerlich verbrennen lassen! Sie war allein in dieser Scheune und hat versucht, das verdammte Tor aufzustoßen, schwach, wie sie war! Du hast sie allein gelassen, und sie ist bei lebendigem Leib verbrannt!
Es dauerte viele Stunden, bis sie mir überhaupt zuhörte, bis ich den Hergang richtig erzählen konnte. Immer wieder ging sie auf mich los. Nur Erwin, der immerhin Lisas Vater war, nahm mich in Schutz. Es ist doch nicht ihre Schuld, sie hat doch ihr Bestes getan. Nur Erwin, der mit seinen zwei Krücken so mühsam die Treppe hinabhumpelte, wenn die Sirenen gingen, hatte in den folgenden Tagen und Wochen noch Worte und Blicke für mich. Mutter behandelte mich, nachdem der erste Ausbruch vorüber war, wie Luft. Es ist Krieg, Rieke, sagte Erwin zu ihr, täglich sterben überall Tausende von Menschen, unsere Lisa ist nur eine davon. Um mich hatte sich Mutter wohl überhaupt keine Sorgen gemacht. Erst als Erwin tot und begraben war, in den letzten Kriegstagen, begann sie notgedrungen, wieder mit mir zu reden, weil sonst niemand mehr da war.
Ich liebte Lisa doch wie du, Mutter! Wer hat denn immer mit ihr gespielt, als sie klein war, wer hat sie denn auf den Armen getragen und im Kinderwagen spazierengefahren, wenn du zur Arbeit mußtest? Sie war doch mein Kind beinahe ebenso wie deines.
Du hast sie jämmerlich verbrennen lassen. Kannst du dir vorstellen, wie das ist, wenn man verbrennt? Kannst du dir

ihre Panik vorstellen, als sie aufwachte und begriff, daß sie vom Feuer umgeben war, als sie sich gegen das Tor warf und es nicht aufbekam? Wie muß sie nach dir geschrien haben: Hilf mir, Elli, so hilf doch!, wahnsinnig vor Schmerz.

Hör auf, Mutter! Hör bitte auf damit.

Auch Paul sagt das immer, man muß die alten Geschichten ruhen lassen.

Es ist kühl und feucht auf dem Balkon, wie nicht anders zu erwarten, mitten in der Nacht. Über der Stadt liegt ein Lichtschimmer, fahl und bleich. Ich will mich an die samtigen schwarzen Nächte um unser Haus erinnern, an die Wohlgerüche der Sommerblumen, wenn sie sich von der Tageshitze erholten, an die Schreie der Katzen, wenn der Mond aufging. Über der Stadt wird der Himmel nie ganz dunkel, immer dieses bleiche Flackern am Horizont, das an kommendes Unheil denken läßt. Ich habe mir eine Wolldecke umgelegt, aber das Frösteln kriecht dennoch von allen Seiten in meine Glieder.

Es ist doch wohl leichtsinnig, hier draußen zu hocken, wenn die Ratten kommen. Denn natürlich werden sie an der Hinterseite des Hauses hochklettern und über die Balkons in die Wohnungen eindringen. Ich will lieber hineingehen und Türen und Fenster fest verschließen. Meine Balkonpflanzen stehen unbeweglich schwarz vor dem unheimlich gelben Nachthimmel.

Es gibt keine Ratten, Elli, höre ich Paul sagen, jedenfalls keine, die bis hierher in unsere Wohnung kommen. Mutter hat mir nie verziehen, weil sie Lisa mehr liebte als mich. Aber in den späteren Jahren war sie immer für mich da, wenn es mir schlechtging. Das muß man ihr lassen. Als das Unglück mit Annie geschah, kam sie sofort angereist und wäre am liebsten gleich zu uns gezogen. Aber ich konnte sie nicht um mich ertragen und bat Paul, sie wieder fortzuschikken. Das war nicht nett von mir. Wenig später mußte sie ins

Altersheim, aus dem sie ausriß, sooft sie konnte, am liebsten im Nachthemd oder in der Unterwäsche. In diesem Aufzug erzählte sie beliebigen Passanten auf der Straße obskure Geschichten und freute sich an deren offenkundiger Verwirrung.

Ich muß hineingehen, wegen der Ratten, auch wenn Paul meint, daß keine da sind, und weil ich friere. Keine bösen Erinnerungen mehr und kein Grund zur Panik, Schluß jetzt, Elli, würde Paul sagen. Aber Paul ist nicht da.

XIX.

Paul schläft. Schläft und schläft, hält jedenfalls die meiste Zeit die Augen geschlossen, seit ich hier an seinem Bett sitze. Ich bin unruhig, unrastig, nachdem ich nun auch die Blumen auf dem Fensterbrett versorgt habe. Mir macht der harte Stuhl mit der geraden Rückenlehne zu schaffen. Sogar die häßlichen rosa Nelken auf dem Nachttisch von Pauls Mitpatienten habe ich frisch angeschnitten. Der schläft ebenfalls, ein Mann mit grauem Gesicht und aufgequollenen Tränensäcken. Seine Backen mümmeln im Schlaf wie die eines Kaninchens.

Dann und wann kommt eine Schwester herein, immer dieselbe, schien mir anfangs, aber dann stellte sich heraus, daß es immer eine andere war. Wollten Sie mir nicht eine Vase mitbringen für die Blumen, dieses Wasserglas ist wirklich zu klein. Das muß Schwester Margot Ihnen versprochen haben, nicht ich, ich bin Gisela. Haben Sie nicht vorhin gesagt, ich dürfte im Zimmer bleiben, wenn Sie meinem Mann die Urinflasche bringen? Nein, das geht nicht – wer soll es Ihnen erlaubt haben? Gisela? Die hat doch heute überhaupt keinen Dienst. Aber ich habe eben mit ihr geredet. Eine Blonde? Oder rothaarig? Dann war es wohl Birgit oder Karin, aber wir erlauben das grundsätzlich nicht. Hören Sie, ich will nicht unfreundlich sein, Frau Huysmann, aber ich bin in Eile, wir sind zur Zeit nur zu dritt auf Station und haben vierundzwanzig Patienten zu betreuen. Also seien Sie so gut und gehen Sie eben raus, während ich die Betten mache. Vergeblich biete ich ihr meine Hilfe an. Sie sagt, sie habe da ihre Routine, ich würde nur stören. Birgit oder Margot?

Auf dem Gang vor Pauls Zimmer gibt es keinerlei Sitzgelegenheit; erst am äußersten Ende, nach doppelter Rechtsbiegung. Von dort aus werde ich aber nicht sehen können, wann sie mit ihm fertig sind. Wird man mir Bescheid geben? Keine Zeit. »Kommen Sie doch einfach in zehn Minuten wieder.«
So warte ich in einer Nische, vom Gang durch eine Glaswand abgetrennt, zwischen sonderbaren Menschen, ich muß schon sagen. Ich sitze sehr aufrecht und halte meine Handtasche fest auf den Knien, damit man gleich sehen kann, daß ich nicht eine von ihnen bin. All diese bleichen Gestalten, aufgedunsen oder abgemagert, alte Männer mit wirrem Haar und irrem Blick, und manchmal eine Frau daneben, die Blicke um sich wirft und beschwörend auf sie einflüstert. Weil ich diesen Anblick nur schwer ertrage, fixiere ich die Madonnenstatue an der Wand gegenüber, unter der man in einer milchfarbenen spitzen Vase rote Plastikrosen arrangiert hat – häßlich. Warum kann denn Paul nicht selber zur Toilette gehen, fällt mir plötzlich ein. Wir haben doch zu Hause den Klostuhl benutzt. Was haben sie mit ihm gemacht, daß er mit einmal sein Bett nicht mehr verlassen kann?
Wieder Panik: Was geht hier vor? Was verheimlichen sie vor mir? Steckt Ines mit ihnen unter einer Decke, oder kann ich ihr trauen? So stumpf war Paul zu Hause nie. Natürlich war er selten wirklich lebhaft in letzter Zeit, aber immerhin doch ansprechbar.
Ich muß sofort etwas unternehmen. Visite ist morgens, hat Ines mir erklärt, und vormittags finden auch die meisten Untersuchungen statt. Jetzt ist wohl Nachmittag, ich habe zu lange geschlafen. Verlange den Stationsarzt zu sprechen oder irgendeinen anderen behandelnden Arzt. Oder du fragst nach der Stationsschwester. Als ob ich noch nie in meinem Leben mit Krankenhäusern zu tun gehabt hätte. Dabei ist Pauls Schlaganfall noch gar nicht so lange her.
Entschlossen stoße ich mich von meinem Sessel in der Nische

hoch. »Wo kann ich die Stationsschwester finden?« frage ich eine Frau, die geschäftig vorübereilt.
»Ich bin keine Schwester, ich bin hier selber nur auf Besuch«, erwidert sie verdutzt, »aber ich glaube, das Zimmer da vorne, rechts neben dem Aufzug, ist das Stationszimmer.«
Es ist eine Teeküche, wo ich zwei junge Frauen beim Kaffeetrinken aufstöre. Die eine feilt sich am Tisch sitzend die Fingernägel, die andere spült nebenbei blutige Gläschen im Waschbecken aus.
»Die Stationsschwester hat heute nachmittag frei«, erklärt die eine.
»Worum geht's denn?« fragt die mit der Nagelfeile ohne aufzusehen. »Schwester Birgit vertritt sie.« Welche war nun wieder Birgit? Die mit der Urinflasche? Die Blonde oder die Rothaarige?
»Ich will eine Auskunft über meinen Mann, Dr. Paul Huysmann.«
»Da müssen Sie schon mit dem Arzt selber sprechen. Morgen nach der Visite.«
Auf dem Rückweg zu Pauls Zimmer verirre ich mich und öffne nacheinander zwei falsche Türen, jedesmal ängstlicher, weil fremde Männer im Bett links neben dem Fenster liegen.
»Bitte draußen bleiben!« ruft streng ein vierschrötiger Mann im weißen Kittel, der über das falsche Bett gebeugt steht. Ich sehe zwei magere weiße Beine und ein Stück von einem weißen Bauch, über den rasch ein Laken gezogen wird. Dünne Beine, ein kindlicher Bauch, dann ein Gesicht: ein Kind zwischen alten Männern.
»Entschuldigen Sie, Herr Doktor, da ich Sie gerade treffe, würde ich gern ein paar Wort mit Ihnen über meinen Mann reden, Herrn Huysmann.«
Er dreht sich stirnrunzelnd nach mir um. Das Kind im Bett

ist ein Junge, es schaut mit weitgeöffneten Augen, es lebt. »Kenne ich nicht. Ich bin hier nur der Pfleger.«
Aus Angst, wieder in ein falsches Zimmer zu geraten, bleibe ich mitten auf dem Gang stehen, kopflos, verwirrt. Wenn ich mich nur erinnern könnte. Nummer 377? 379? Alle Türen sehen gleich aus. Zum Glück bemerkt mich die rothaarige Schwester, als sie die Nummer 373 verläßt.
»Sie dürfen jetzt wieder zu ihm, Frau Huysmann«, sagt sie freundlich, »und wenn Sie mögen, können Sie ihm auch gleich beim Abendessen helfen.« Dankbar lächele ich ihr zu. Ich muß mir merken, daß die Rote die Nette ist.
»Was haben Sie heute morgen mit dir angestellt?« frage ich Paul, der mich immerhin offenen Auges empfängt.
Er bringt etwas von »Blut« hervor, außerdem »Rrrnn, Lunne«. Das soll wohl »Röntgen« heißen. Das dritte verstehe ich nicht, und er bricht den Versuch, es mir zu erklären, ab, weil es ihm zu anstrengend ist, faßt sich aber noch mit der Hand an die Kehle, in einer Art Halsabschneidebewegung. Etwas Schmerzhaftes im Hals offenbar, mit irgendeiner Sonde, wenn ich richtig verstehe. Ist ja auch egal. Im Grunde will ich nur wissen, wann er wieder nach Hause kommt.
Pauls Bettnachbar mit dem Kaninchengesicht ist inzwischen aufgewacht und glotzt aus rotgeränderten Augen neugierig zu uns herüber. Ich kann es nicht leiden, wenn Leute sich an Pauls Redeweise stören. Außerdem ist dieser Mann schuld daran, daß ich nicht bei Paul bleiben kann. Er hat mir mein Bett gestohlen. Am liebsten würde ich ihm die Meinung sagen. Raus hier, Sie! Dalli, dalli! Spielen Sie doch nicht den Kranken, Sie Kaninchen. Das ist mein Bett, in dem Sie da liegen. Sie haben gar nichts zu suchen im Zimmer meines Mannes! Nun muß Paul alle Tage diese kleinen roten Kaninchenaugen zwischen den mümmelnden Backen ertragen und einen giftgrünen Schlafanzug dazu.
Sie haben auf einem Plastiktablett mit runden und vierecki-

gen Vertiefungen das Abendessen gebracht, zwei kleine Schüsseln, zwei Scheiben Brot mit Frischkäse. Paul mit Obstquark füttern. Er sieht mich mit fragenden Augen an. Ich schiebe ihm den Löffel mit der weißen Pampe in den Mund und spüre, wie mein eigener Mund die Eßbewegungen nachahmt. Ich streife den Löffel an seinem oberen Gaumenrand ab, er malmt, schluckt und sperrt seinen Rachen wieder auf. Nach einer Weile schließt er die Augen, und die Bewegungen verlangsamen sich, Zuklappen, Malmen, Schlucken, Aufsperren mechanisch, mit Zeitlupe, Zuklappen, Malmen, Schlucken, Aufsperren, immer langsamer. Der obere Teil der Prothese rutscht herunter, und ein Satz weißer, viel zu langer Zähne blockiert den Löffel, den ich zögernd herausziehe.
Das ist doch nicht Paul, dieses dicke rote, langsam vor sich hin mampfende Gesicht. Im schiefen Mundwinkel kleben eingetrocknete Quarkreste. Wie komme ich dazu, diesen fremden Mann zu füttern? Ich lege den Löffel beiseite, und augenblicklich beginnt es, aus dem fremden Gesicht zu schnarchen, in dem eben der letzte Löffel Quark verschwand.
Ich bin nervös, ich habe Kopfschmerzen. »Würden Sie bitte aufhören zu singen!« sage ich böse zu dem Mann im Nebenbett. Er hat Besuch bekommen, während ich nicht hinschaute, eine rundliche Frau, die auf seinem Bett ihren Einkaufsbeutel auspackt: Weintrauben, Süßigkeiten, eine blutrote Haarbürste aus Plastik. Ich finde es unerhört, in einem Krankenzimmer zu singen. Sie schauen zu mir herüber, als sei ich nicht ganz dicht. »Das Singen kommt aus dem Fernseher, merken Sie das denn nicht?«
Das macht die Sache nicht besser, gute Frau. Stellen Sie also sofort den Kasten ab. Ich muß einräumen, daß es in der Tat ein Fernsehgerät über der Tür gibt, aber ich weiß nicht, wie man es ein- und ausschaltet. Warte nur, sobald du weg bist,

werde ich deinem Kaninchen die Meinung sagen, und aus, das Ding, ganz egal, was es zu melden hat.
Aber erst einmal ergreife ich die Flucht. Es kommt mir vor, als gäbe es hier nichts mehr zu tun für mich. Ich sollte besser nach Hause gehen. Wenn nur die Unruhe nicht wäre, als hätte ich etwas ungemein Wichtiges vergessen. Was wollte ich hier bloß? Zunächst einmal bin ich heute viel zu spät aufgewacht. Ich dachte, es wäre noch morgens, als Ines anrief und behauptete, es sei bereits Nachmittag, sie habe ihren Vater schon nach der Schule im Krankenhaus besucht und sich sehr gewundert, mich dort nicht anzutreffen. Ist etwas mit dir, Elli? Dummes Zeug, was soll sein, ich habe geschlafen, jetzt hast du mich geweckt.
Ich laufe auf dem Gang hin und her und versuche verzweifelt, mich zu erinnern, was ich vergessen habe, was noch zu klären ist. Ich hätte Paul gern erzählt, daß ich wieder einen dieser schrecklichen Träume hatte, von Annie und Lisa. Früher konnte er mich so wunderbar trösten nach diesen Alpträumen. Manchmal träumte ich, ich sei in einem Krankenhaus. Ich will Annie besuchen, die dort liegt, nichts Ernstes, nur eine geringfügige Sache. Ich irre durch viele Gänge, bis ich endlich ihr Zimmer finde, aber wenn ich die Tür öffne, ist ihr Bett leer. Sauber, weiß und leer, frisch bezogen, und dann erst fällt mir ein, daß Annie tot ist.
Wo ist Paul? Er fehlt mir so sehr. Ich muß versuchen, mich zu erinnern, was ich hier zu besorgen habe. Ich glaube, ich habe vergangene Nacht auch von Mutter geträumt, von Mutter und Lisa.
»Kann ich Ihnen helfen?« fragt die Frau, die vor dem Aufzug die Tabletts mit den Speiseresten in einen Wagen sortiert. Ich gestehe ihr, daß ich ein bißchen durcheinander bin. Sie hat mich so freundlich angelächelt, als ich zum dritten Mal an ihr vorüberlief.
»Ich habe gerade an meine Mutter gedacht, die im Alter ein

bißchen verrückt geworden ist. Sie hat den Tod ihrer Tochter nicht verkraftet. Das Kind verbrannte im Krieg, auf der Flucht, als es krank in einer Scheune zurückblieb.«

»Oje«, sagt die Frau und mustert mich mitfühlend. »Das ist aber auch schrecklich für eine Mutter.« Sie zögert einen Augenblick. »Und jetzt suchen Sie bestimmt den Weg zur Psychiatrie. Geradeaus. Und zweimal rechts. Dies ist die Innere Männerstation.«

»Dummes Zeug, nein! Ich bin doch nicht wegen meiner Mutter hier. Sie können sich doch denken, daß sie schon lange tot ist.« Diese Küchenhilfe, so freundlich sie schaute, scheint nicht gerade mit Intelligenz gesegnet. Wo ich doch selber schon eine alte Frau bin! »Ich besuche nicht meine Mutter, sondern meinen Mann.«

»Ach ja«, sagt die Frau skeptisch und wendet sich wieder ihren Tabletts zu. Offenbar glaubt sie, daß ich mir das alles nur ausgedacht habe. Eben noch wollte sie plaudern, und jetzt tut sie wer weiß wie beschäftigt. Zum Glück habe ich ihr nicht mehr über die Umstände von Lisas Tod erzählt. Du bist doch sonst nicht so vertrauensselig, Elli. Die Frau wirft mir einen prüfenden, nunmehr sehr häßlichen Blick zu, während sie den Krankenwagen hastig in den Aufzug hineinstößt und die Tür per Knopfdruck hinter sich schließt. – Es ist alles nur, weil Paul mir so fehlt.

Verloren stehe ich im Gang herum, als die rote Schwester aus dem Stationszimmer kommt. »Nun?« fragt sie. »Ich glaube, es war ein anstrengender Tag für Sie. An Ihrer Stelle würde ich jetzt einfach nach Hause gehen und mich erst einmal ein bißchen ausruhen.«

Wenn sie meint. Irgend etwas stimmt nicht, irgend etwas scheint mir ganz und gar nicht in Ordnung zu sein, aber vielleicht kann ich mich zu Hause in Ruhe besser darauf besinnen, was es ist. Langsam wandere ich auf die Treppe zu. »Wollen Sie nicht den Fahrstuhl nehmen? Gleich hier!« Na-

türlich, so viele Stufen machen meinen Knien zu schaffen, danke, sehr liebenswürdig von Ihnen, aber das hört sie schon nicht mehr. Wo der Aufzug sich öffnet, tut sich eine große menschenleere Halle auf, die ich mich nicht erinnern kann, je zuvor gesehen zu haben. Spiegelglatte Fußböden, die mich schwindelig machen, eine Nonne in einem Glashäuschen, die nicht aufschaut, als ich vorübergehe, grauer Marmorstein, hohe verglaste Türen, die sich von selber vor mir öffnen und hinter mir schließen, noch einmal Stufen.
Draußen empfängt mich Dunkelheit. Schon wieder Nacht? Es hat geregnet, Pfützen glänzen im Licht der Straßenbeleuchtung. Ein mir unbekannter Platz, fremde Straßen.
Ich versuche mich zu erinnern, wie ich hierhergekommen bin.
Und dann fällt mir plötzlich alles wieder ein: Paul hat einen Schlaganfall gehabt. Wir sind mit dem Notarztwagen hergekommen, mit Blaulicht und Martinshorn.

XX.

Ein dünner Regen fällt in feinen Strichen und durchnäßt mich nach und nach. Vor allem die nassen Füße sind ungemütlich. Was ich da trage, ist kein geeignetes Schuhwerk für einen längeren Spaziergang. Die Leinenjacke klebt und hängt bald so schwer an mir, daß ich sie ausziehe und über eine Gartenmauer lege; ich werde sie später wieder abholen. Dem Garten mag der Regen gut bekommen, nach den heißen Wochen; vermutlich atmen die Büsche und die Blumen daheim jetzt auf – aber wie soll ich mich mit ihnen freuen, wenn Paul im Krankenhaus liegt. Nicht tot – nein, tot war er nicht. Er war nur bewußtlos. Aber er wird nie mehr der alte sein.
Wir haben wohl Sonntag, denn alle Geschäfte, an denen ich vorüberlaufe, sind geschlossen, nur wenige Autos fahren pfützenspritzend an mir vorüber, noch weniger Menschen sind zu Fuß unterwegs. Früher gefiel mir die Dämmerung, Abenddämmerung, Morgendämmerung, Zwielicht der Regentage, voll freundlicher Schwermut, doch jetzt tappe ich durch eine große Leere. Zum inneren Frieren gesellt sich das äußere. Blätter taumeln von den Bäumen, rotbraune, verdorrte, auf den glänzenden Asphalt, wo sie von Autoreifen zerquetscht werden, oder sie kreiseln eine Weile wie von Sinnen auf den Pfützen des Gehsteigs. Dieses Jahr meldet sich der Herbst zu früh. Hätte ich doch einen Regenschirm und trockene Füße. Aber davon würde Paul auch nicht wieder gesund. Vielleicht ist es auch nicht Sonntag, sondern spät am Abend; vielleicht sollte ich einfach nach Hause gehen. Doch wozu mit Pauls leerem Sessel reden?

Ich sehe nun wieder vor mir, wie es geschah, mit erschreckender Deutlichkeit. Hätte ich es verhindern können, wenn ich besser auf Paul achtgegeben hätte? War ich nicht wachsam genug? Der Doktor sagt, es gibt nur selten Vorzeichen, aber ich wußte doch, daß die ganze letzte Woche viel zu anstrengend für Paul gewesen war. Er war so aufgeregt, weil sie ihm diesen Preis verleihen wollten, eine Auszeichnung für sein Lebenswerk, für seinen fundierten kritischen Journalismus. Jeden Tag sprach er davon, obwohl er sich zugleich bemühte, seine Freude herunterzuspielen. Er mußte nur eine kleine Dankesrede halten, nicht länger als eine Viertelstunde, und trotzdem brachte er es fertig, wochenlang Nacht für Nacht aufzusitzen und darüber zu grübeln, zu wenig Schlaf, zu viel Kaffee. Ich gönnte ihm die öffentliche Anerkennung von Herzen, aber seine Aufregung konnte ich nicht recht begreifen. Komm zu Bett, Paul, du wirst dich erkälten, das ist es doch nicht wert. Eine Erkältung war das Unangenehmste, was ich mir zu diesem Zeitpunkt ausmalen konnte. Ich weiß, es muß dir lächerlich erscheinen, Elli, aber ich will die Gelegenheit nutzen, meine Gedanken zur Krise des Individualismus vorzutragen, vielleicht die letzte Gelegenheit. Individualismus hin oder her, du brauchst deinen Schlaf, du bist nicht mehr dreißig. Schlafen kann ich danach noch reichlich. Ich möchte weinen, wenn ich daran denke, wie schrecklich er recht behalten hat. Jetzt schläft und schläft er im Krankenhaus. Und an der Krise des Individualismus hat seine Dankesrede auch nichts geändert.
Vielleicht waren es weniger die durchwachten Nächte als die schreckliche Hitze und die Gewitterschwüle dieser Tage, die den Ausschlag gaben. Vielleicht war es meine Schuld, weil ich ihm bei all seiner Anspannung noch mit Dschingis Khan in den Ohren lag. Ich gebe zu, daß mir Dschingis Khan eine Zeitlang viel wichtiger war als die Preisverleihung, unser Schäferhund, der zwei Tage zuvor spurlos verschwunden

war. Überfahren, wie sich aber erst später, nach der Katastrophe, herausstellte.
Hätte ich die Vorzeichen bei Paul wahrgenommen, wenn ich mich mehr um ihn gekümmert hätte, statt mir um den Hund Sorgen zu machen? Es womöglich verhindern können? Der Arzt sagt nein, aber ich weiß nicht recht.
Da steht Paul im Wohnzimmer, erschöpft und glücklich, immer noch sehr aufgedreht. Wir haben die Veranstaltung hinter uns, wir sind müde, wir haben nach dem Festakt in einem ausgewählten Kreis von Geladenen getafelt, der Verleger hatte Paul zu Ehren eingeladen, und wenn Paul auch vor Aufregung nur wenig essen konnte, so hat er doch einiges getrunken, zu viel in Anbetracht der Hitze jedenfalls. Während ich zerstreut aus dem Fenster nach Dschingis Khan Ausschau halte, liest Paul mir Glückwunschbriefe vor, die mit der Morgenpost gekommen sind. Endlich tritt wieder Alltagsruhe ein, denke ich – wenn nun auch noch Dschingis Khan mit schuldbewußtem Schwanzwedeln durch die Büsche geschlichen käme!
Paul steht in Rednerpose, die eine Hand auf den Eßtisch gestützt, in der anderen den Brief, aus dem er mit hörbarem Behagen vorliest. Einer der vielen jungen Leute hat ihm geschrieben, denen Paul zu seiner Zeit, als Herausgeber, auf die Sprünge geholfen hat, deren Bewunderung und Wertschätzung ihm, dem eigentlich Uneitlen, mit dem Älterwerden immer wichtiger geworden ist. »Verehrter Maestro!« Schon wieder ein Mittagsschlaf dahin, denke ich und halte nach Dschingis Khan Ausschau, immer noch an ein Wunder glaubend. Verfluchter Hund, warum mußte er sich auch ausgerechnet jetzt überfahren lassen! Der es getan hatte, beging Fahrerflucht; man fand den Kadaver zwei Tage später unterhalb der Böschung an der Landstraße. Mir ist unklar, wie der Hund überhaupt ausreißen konnte, vermutlich war Paul in diesen Tagen nicht bei der Sache, wenn er den Hund aus-

führte; er wird die Zwingertür nicht ordentlich geschlossen haben. Es ist schwül, wir sollten versuchen abzuschalten und uns hinlegen, auch wenn wir nicht mehr schlafen können. Statt dessen hat Paul sich eine weitere Tasse Kaffee aufgegossen.

»Eigentlich hätten Sie den Preis gar nicht annehmen dürfen«, schreibt Pauls junger Mann. »Er widerlegt nämlich Ihre eigene These, daß nur Hohlköpfe öffentlich geehrt werden, die ihr Fähnchen nach dem Winde drehen, nie aber die unbequemen, kritischen Journalisten ...« Eine solch verschrobene Art der Gratulation muß Paul gefallen, aber er gähnt mitten im Satz, mitten im Wort, ein gewaltiges Gähnen. Ich denke eine Sekunde lang, er will sich einen Scherz machen, die Aussage ironisieren, als das Gähnen am Ende des Worts »Journalisten« in eine Art Geheul übergeht, in ein langgezogenes, hinterherwehendes »Iiieee«: »Journaliiiieee ...« Erschrocken fahre ich herum, nach dem unheimlichen Laut, der da aus Paul hervorbricht; ich sehe sein ungläubiges Gesicht, sehe ihn schwanken, während der Briefbogen langsam aus seiner Hand auf den Teppich segelt. Noch ehe ich bei ihm bin, ist er lautlos zusammengebrochen, liegt auf der Seite am Boden, bewußtlos.

Jetzt ist er im Krankenhaus. Aber wo bin ich? Warum bin ich nicht bei ihm? Ich hinke frierend, mit schmerzenden Füßen, eine Allee entlang, die ich mein Lebtag nicht gesehen habe, in einem feinstichigen, nahezu unsichtbaren Regen. Einen Block weiter stößt klingelnd eine Straßenbahn um die Ecke, ich kann aber die Nummer nicht erkennen, weil es dunkel ist, es muß Nacht sein, die Geschäfte sind geschlossen. Vielleicht ist das alles gar nicht wirklich und verschwindet, wenn ich die Augen schließe. Vielleicht träume ich nur, und alles ist wieder gut, wenn ich aufwache.

Dicht neben mir hält ein Auto, es erschreckt mich so, daß ich einen kleinen Hüpfer tue. Der Fahrer lehnt sich über den

Beifahrersitz und kurbelt auf meiner Seite die Scheibe herunter, aber ich humpele rasch davon, bevor er etwas sagen kann. Was will er bloß? Es ist Nacht, ich bin eine alte Frau, allein, bloß nicht umdrehen, nur weiter.
Außer Atem erreiche ich eine kleine Parkanlage, da ist eine Bank, auf die ich mich erschöpft fallen lasse. Warum hat es das Schicksal ihm nicht gegönnt? Die Aufregung, hat der Arzt gesagt, Ihr Mann ist immerhin neunundsiebzig, und womöglich hat er zuvor schon einmal ein winziges Schlägele gehabt, von dem Sie gar nichts gemerkt haben, weiterhin der Schlafmangel, die schwüle Witterung, der Alkohol und der starke Kaffee, Blutdruck rauf und runter, aber vor allem die Aufregung – und natürlich gibt es auch so etwas wie das Schicksal. Die Bank ist naß, ich spüre die Feuchtigkeit, die durch Rock und Unterzeug zieht. Verängstigt betrachte ich die dunkle Wand aus zweistöckigen zugeknöpft wirkenden Wohnhäusern vor mir. Wo bin ich? Ich will nach Hause, ins Trockene, in mein warmes Bett, und will etwas Warmes in den Magen. Dies ist doch kein ehrlicher Sommerregen mehr, obwohl die Bäume noch belaubt scheinen. Meine Beine wollen mich nicht mehr tragen.
Vielleicht ist es überhaupt gefährlich, hier zu sitzen. Ein Mann mit einem Dackel wandert unter schwarzem Regenschirm vorüber und mustert mich eindringlich.
Ich habe es ihm gegönnt. Er war stolz wie ein kleiner König, und ich natürlich auch, auf ihn, während ich der Laudatio folgte. »Wir heben unser Glas auf Paul Huysmann, den Wachsamen, den Unbestechlichen, den bei aller Klugheit so Bescheidenen!« »Einer der besten Journalisten seiner Generation.« So war es doch, oder?
Sie sind doch gewiß recht stolz auf ihn, Frau Huysmann. Natürlich, natürlich bin ich das, aber mir wäre lieber, Sie hätten ihn nicht geehrt und er wäre noch wie vorher. Ich möchte diese Gelegenheit nutzen, auch meiner Frau zu dan-

ken, sagt Paul, sie hat jeden meiner Texte gelesen und kommentiert. Sie nicken gelangweilt und höflich. Das sagt man so, nun, wir heben unser Glas auch auf Sie, liebe Frau Huysmann. Sie dürfen Ihren Mann jetzt füttern. Wie? Was hat er gesagt? Wo tut es ihm weh? Er ist schwer zu verstehen, Sie verstehen ihn wohl noch am besten. Ich muß Ihnen leider sagen, daß die Artikulationsfähigkeit wahrscheinlich für immer gestört sein wird; es kann noch etwas besser werden, aber wahrscheinlich nicht wie früher, da kann ich Ihnen leider keine Hoffnung machen. Natürlich ist jeder Verlauf anders bei einem Schlaganfall. Paul, der Geschichtenerzähler, Paul, der Brillante, Eloquente, dem alle so gern zuhörten, mit einemmal verstummt. Erst haben sie mir Annie weggenommen, und jetzt kommt Paul an die Reihe.

»Entschuldigen Sie«, sagt der Mann mit dem Dackel, als er zum dritten Mal an meiner Bank vorüberkommt. »Kann ich Ihnen vielleicht behilflich sein?«

Eigentlich soll man nicht mit fremden Männern reden. Aber er erinnert mich an jemanden, eine sympathische Erinnerung. Mein früherer Deutschlehrer? Unser Postbote auf dem Lande? »Sind Sie zufällig mit Herrn Morawitz verwandt?«

Er schüttelt den Kopf. Jedenfalls sieht er nicht gefährlich aus, mehr wie ein wohlgesonnenes Erdmännchen. Sein Dackel schnüffelt an meinen müden Füßen. »Wir kennen uns nicht. Ich hatte nur den Eindruck, Sie hätten sich vielleicht verlaufen.«

Am besten alles zugeben, auch wenn Ines mit mir schimpfen wird. Der Mann sieht aus wie jemand, dem man vertrauen kann. Womöglich ist er doch mit unserem Postboten verwandt. »Mein Mann hatte einen Schlaganfall, und deswegen bin ich jetzt so schrecklich durcheinander.«

»Wo wohnen Sie denn?«

Wieder schiebt sich Pauls Gesicht vor meine Augen, sein verwunderter Ausdruck in der Sekunde, bevor er zu Boden

geht. Was geschieht mit mir, Elli, hilf mir! Und dann ein großes rotes Gesicht, das mampfend auf einem weißen Kopfkissen liegt, ausdruckslos und fremd. Das kann nicht Paul sein. Und wenn er es doch wäre? Öffne doch wenigstens die Augen, und schau mich an, damit ich weiß, ob du es bist. Die Verbindung zwischen uns kann nie abreißen, solange ich lebe, solange du lebst, auch ohne Worte. Und es war doch Paul, den ich im Krankenhaus gefüttert habe. Ich muß sofort wieder zurück zu ihm.
Wo ich wohne? Der Mann im Regenmantel hat schon zum zweiten Mal gefragt, und mir wird peinlich bewußt, daß ich mich nicht erinnere. Ich starre ihn erschrocken an, mit weit aufgerissenen Augen, der Hund zerrt an der Leine, und der schwarze Regenschirm wackelt über mir.
»Haben Sie vielleicht irgend etwas bei sich, das uns weiterhelfen könnte?«
Jetzt erst merke ich, daß meine Handtasche nicht da ist. Ich muß sie im Krankenhaus vergessen haben. Das darf ich dem netten Mann nicht auch noch erzählen. Er bietet sich an, für mich anzurufen, wen auch immer, wo auch immer. Wohnen Sie bei Verwandten, bei Kindern? In welchem Krankenhaus liegt denn Ihr Mann? Fällt Ihnen vielleicht die Telefonnummer von Nachbarn ein?
Ines. Ich weiß die Telefonnummer von Ines auswendig, und ich leiere sie her, während ich mir den Kopf darüber zerbreche, wo ich wohne.
»Prima.« Herr Morawitz wirkt ehrlich erleichtert, als freue er sich darüber, daß ein schwacher Kandidat seine Prüfung doch noch bestanden hat. »Kommen Sie!« Er zerrt an meinem Arm, um mir beim Aufstehen zu helfen, und ein Wasserschwall ergießt sich von seinem Schirm in meinen Nakken. Ich bin so müde. Könnte ich nicht einfach hier sitzen bleiben, bis Ines mich abholt?
Doch er redet beschwörend auf mich ein, daß er gleich dort

drüben an der Ecke wohne, daß seine Frau einen schönen warmen Tee für mich kochen werde, während er nach Ines telefoniere. »Sie dürfen hier nicht im Regen sitzen bleiben. Sie werden sich böse erkälten.«
Das habe ich Paul auch prophezeit, und es kam noch schlimmer.
Er zieht mich mehr, als daß ich gehe. Der kleine Hund läuft uns voraus. Mir ist auf einmal zumute, als könne mein Kopf nichts mehr aufnehmen, nicht das allerkleinste Detail. Ich weigere mich, noch irgendwelche Treppenstufen zu steigen; da setze ich mich lieber einfach auf den Boden. Aber Herr Morawitz beteuert, es sind nur diese drei, und dann kommt ein Aufzug. Seine Frau, eine Bohnenstange, ist keineswegs glücklich, mich zu sehen, was immer er behauptet. Er zieht sie beiseite, den tropfenden Schirm in der Hand, und flüstert aufgeregt auf sie ein, während ich mich in einen Sessel fallen lasse.
»Ein Handtuch für ihre nassen Haare.«
Ich will noch sagen, geben Sie sich keine Mühe zu flüstern, ich bin sowieso schon eingeschlafen, aber ich bringe den Satz nicht mehr heraus. Dafür sehe ich ganz plötzlich vor mir, wo ich wohne, nicht die Adresse, aber ich sehe unser Haus, wie es am Hügel liegt. Wie konnte ich das bloß vergessen! Oben am Eingang steht Paul, mit ausgebreiteten Armen.

XXI.

Paul, oben am Hügel, beim Gartentor, hält nach mir Ausschau; er sieht mich, winkt und läuft mir mit ausgebreiteten Armen ein Stück des Wegs entgegen. Nicht so schnell, Liebster, du könntest fallen! Wie ein tolpatschiger Eisbär schließt er mich in die Arme, da bist du ja endlich, Elli, was habe ich mir für Sorgen um dich gemacht! So ein Hund, selbst Dschingis Khan, ist es doch nicht wert, daß du Stunde um Stunde im Regen herumirrst, auf der Suche nach ihm. Ja, Paul, lieber Paul, da bin ich wieder, stell dir vor, ich hatte mich verlaufen, aber ich wußte immer, ich würde dich finden oder du würdest mich finden. Schluchzend sage ich das und zugleich unendlich erleichtert. Wie gut das tut, wie warm und aufgehoben ich mich in seinen Armen fühle. Laß uns hineingehen, ich friere so schrecklich, laß uns gleich ins Bett kriechen und versprich, daß du nie wieder allein fortgehst, Paul. Wieso? Du warst es doch, die weggelaufen ist, Elli.

Ein Traum. Natürlich weiß ich sofort, daß es nur ein Traum ist, als Ines' großes weißflächiges Gesicht über dem Sessel schwebt, als sie mich wachrüttelt, besorgt: Was ist los, Elli? Sie ist viel zu beunruhigt, um böse auf mich zu sein. Ich bin im Sitzen bei diesen fremden Leuten eingeschlafen, das scheint Ines etwas peinlich zu sein, denn sie zerrt mich ohne Verzug zum Auto. Mich friert immer noch, ich bibbere in den feuchten Kleidern. Hier, nimm die Wolldecke um, hoffentlich gibt das keine Erkältung. Einen Augenblick lang war ich glücklich, einen Augenblick schien alles wieder gut zu sein. Warum zwingen sie mich zurück in eine Wirklichkeit, wo es unser Haus nicht mehr gibt und nur noch einen kranken Paul?

Einen Paul, der dich braucht, Elli. Mehr denn je.

»Entschuldige, Ines, was hattest du gerade gesagt?«

»Was dich so verschreckt hat, wollte ich wissen. Warum bist du so kopflos aus dem Krankenhaus fortgerannt? Haben sie mit dir über Vater geredet, dir etwas Beunruhigendes mitgeteilt?«

»Ich weiß nicht. Nein.«

Ich kann Ines doch nicht gut sagen, daß sie mich gar nicht zu Paul gelassen haben. Die im Krankenhaus haben doch sogar geglaubt, ich sei dumm genug, es nicht zu merken, wenn sie mir einen fremden Mann zum Füttern unterschieben. Besser, ich erzähle Ines nichts von dem Komplott. Entweder sie kommt selbst dahinter – oder sie weiß schon davon. Möglicherweise steckt sie sogar mit denen unter einer Decke, das kann man nicht ausschließen. »Es wäre das Beste für meinen Vater, wenn Sie ihn ein paar Tage vor meiner Stiefmutter abschirmten.« Vielleicht ist ihre scheinheilige Fragerei nur ein Tarnmanöver, mit dem sie herausfinden will, wie ich es aufgenommen habe.

»Aber irgend etwas muß doch vorgefallen sein! Hast du vielleicht zu viel von dem Schlafmittel genommen, das ich euch mitgebracht hatte?«

Ach, laß mich doch zufrieden! Du siehst doch, ich bin müde und durcheinander, ich kämpfe mit dem Schlaf. Sie haben mir irgendein Schnapszeug eingeflößt, diese Leute, mit einem Aspirin oder etwas Ähnlichem, zur Vorbeugung gegen die Erkältung.

Ich vertraue Ines jedoch sofort an, daß ich meine Handtasche im Krankenhaus vergessen habe. Sie darf es mir nicht übelnehmen, denn so etwas kann passieren im Schock. Das hat der nette Herr Morawitz auch gesagt. Ihre Frau Mutter,

sagte er, hatte wohl einen Schock, weil Ihr Herr Vater ins Krankenhaus mußte. So etwas ist sehr verständlich. Tatsächlich beschimpft Ines mich auch nicht wegen meiner Vergeßlichkeit, sondern sie erklärt ganz freundlich: Ich rufe gleich morgen früh im Krankenhaus an, es trifft sich gut, daß ich erst zur zweiten Stunde in die Schule muß, da kann ich dich dort vorbeifahren, du holst deine Tasche ab und gehst gleich Vater besuchen, er wird sich freuen, wenn du so früh schon bei ihm bist. Für die Heimfahrt kommst du doch mit dem Bus zurecht, oder? – Sie mustert mich mißtrauisch.
»Aber klar doch. Was denkst du denn, wie ich sonst gestern dorthin gekommen wäre?« Das war im übrigen kein geringes Abenteuer, kann ich dir sagen, zumal ich gar nicht mehr wußte, wo und wie man eine Fahrkarte bekommt. Alles ist so anders geworden als früher. Ich stand ziemlich verwirrt vor diesem Automaten, da kam eine nette Frau, die hat mir ihre Streifenkarte überlassen.
»Na, siehst du, es klappt doch, Elli.«
Doch dieses Gespräch kann nicht im Auto stattgefunden haben, als Ines mich abholte, denn da habe ich nur geschlafen. Es muß am anderen Morgen gewesen sein, heute früh. Ich habe bei Ines und Herbert im Gästezimmer übernachtet, was ich gewöhnlich ablehne, weil ich ungern in fremden Betten schlafe, aber nun war ich es doch zufrieden, auch wegen der Leute, die neuerdings nachts in unsere Wohnung einzusteigen versuchen. Wie hätte ich in diesem Zustand wachen können, zerschlagen und übermüdet, wie ich war. Ich hatte mir vorgenommen, Ines nichts von den Eindringlingen zu erzählen; sie würde mir ja doch nicht glauben, zumal es keine gewöhnlichen Einbrecher sind. Jedenfalls sind sie nicht hinter Geld und Schmuck her, und das ist für die materialistisch gesinnte Ines ohnehin schwer vorstellbar. Ich will die Sache erst in Ruhe mit Paul durchsprechen, sobald er wieder zurück ist, wie er die Lage einschätzt, was wir seiner

Meinung nach dagegen tun können. Vielleicht werden sie sich gar nicht mehr einzudringen trauen, wenn Paul wieder zu Hause ist.

Elli zerstreut, Elli geschwätzig, Elli unkonzentriert und durcheinander. So mag ich dich nicht, Elli. Nimm dich ein bißchen zusammen. – Wer redet da? frage ich, in mich hineinhorchend. Paul? Das kann nicht sein. Mutter? Jedenfalls hat sie diesmal nicht ganz unrecht. Es ist wichtig, konzentriert und auf der Hut zu sein in diesen Zeiten, ich darf mich nicht einfach so treiben lassen.

Nun bin ich wieder zu Hause, und das ist ein Glück, denn hier fühle ich mich doch sicherer, wenn auch die Schutzschicht nur dünn ist, allein, ohne Paul. Ich bin gleich hinaus auf den Balkon gegangen, um mich um die Blumen zu kümmern, die ich so lange sträflich vernachlässigt habe.

Ein blauer Tag, Spätsommer mit der herben Morgenfrische. Ich habe bei Ines im Gästezimmer übernachtet und fühle mich einigermaßen ausgeschlafen, weniger zermürbt als gewöhnlich. Ich hatte Angst, daß ich nachts aufwachen und mich nicht zurechtfinden würde, deswegen ließ Ines netterweise die kleine Lampe im Flur brennen. Aber dann habe ich fest durchgeschlafen, keinerlei Störungen, bis sie mich vorhin wecken kam. Das war doch heute morgen?

Trotz der morgendlichen Kühle verspricht es ein warmer Tag zu werden, Altweibersommer. Überall weben Spinnen zwischen den Blumen ihre glitzernden Netze. Nichts kann mehr darüber hinwegtäuschen, daß unsere Tage jetzt galoppierend kürzer werden. Alles geht in rasendem Ritt dem Ende zu. Ob mir noch eine Atempause bleibt, um Astern zu pflanzen – »alte Beschwörung, Bann« – wo bekomme ich Astern her? Frau Feigel könnte mir welche mitbringen, aber blaue müßten es sein, wir haben nämlich schon zu viel Rot und Orange auf dem Balkon, na ja, vielleicht noch ein, zwei Chrysanthemen, aber vor allem blaue und violette Astern.

Ich weiß nicht, ob heute überhaupt Frau Feigels Tag ist, sie kommt in letzter Zeit ganz unregelmäßig, und eigentlich habe ich auch keine Lust, von meinem Stuhl in der Sonne aufzustehen, um sie anzurufen.
Die Linden beim Krankenhaus trugen schon gelbe Unterkleider. Übrigens habe ich Paul nicht besucht, gestern oder vielmehr heute morgen. Ich weiß ja jetzt, daß sie mich sowieso nicht zu ihm lassen, sondern nur wieder mit Ausreden hinhalten werden. Das habe ich Ines natürlich nicht verraten, als sie mich am Hauptportal absetzte. Ich habe nur meine Handtasche abgeholt, die an der Pforte für mich hinterlegt war, und bin dann stracks in ein wartendes Taxi gestiegen. Das konnte Ines nicht beobachten, weil sie schon fort war. Ich rufe dich heute abend mal an, wenn ich es schaffe, teilte sie beiläufig mit; ich selbst kann ihn heute nicht besuchen, grüße von mir, ich habe einfach zu viel zu tun.
Soll ich ihr glauben, daß sie Paul in zwei Tagen entlassen werden? Warum halten sie ihn dann vor mir versteckt? Doch was bleibt mir anderes übrig, als daran zu glauben, daß er wiederkommt. Zwei Tage kann ich vielleicht noch durchhalten. Ich hoffe, daß das Wetter eine Weile stabil bleibt, dann muß ich mir wenigstens um die Tage keine Gedanken machen. Doch was ist mit den Nächten, und was ist, wenn Paul nicht zurückkommt, nie wieder, daran darf ich überhaupt nicht denken.
»Zwei Tage wirst du doch noch durchhalten, oder?« fragte Ines. Sie hielt das für einen netten, kleinen Scherz.
»Weißt du, Elli, ich dachte schon, du wärst Hals über Kopf aus dem Krankenhaus gelaufen, weil die Schwestern das mit dem Pflegeheim erwähnt hätten.«
Pflegeheim?
»Ja, mir gegenüber haben sie nämlich angedeutet, es sei wohl besser, wenn wir uns kurz über lang, lieber früher als später nach einem Pflegeheim für Vater umschauen würden.«

So ein Unsinn, wie sollten sie dir so etwas sagen, Ines, und nicht mir, das wäre eine bösartige Konspiration! Na hör mal, Elli, ich bin schließlich seine Tochter. Aber ich bin seine Frau. Unbestritten – und vielleicht wollten sie dir gerade deswegen die erste Aufregung ersparen und haben deswegen zunächst einmal mich beiseite genommen.
Das ist bloß wieder so eine von Ines' wichtigtuerischen Geschichten, da schalte ich einfach auf Durchzug.
»Es wird wohl nicht leicht werden, ein geeignetes Heim zu finden, in das ihr beide einziehen könnt. Ideal wäre das St.-Johann-Stift, die haben, glaube ich, Altenwohnungen für Ehepaare, und ein Pflegetrakt ist angeschlossen. Man kann sich, solange es geht, in der Wohnung pflegen lassen und muß erst auf die Pflegestation, wenn ein gewisses Ausmaß an Hilflosigkeit erreicht ist.«
Rede du nur, rede. In der Septembersonne weist sogar Herberts Garten hier und da Anzeichen von Leben auf. Manchmal bekomme ich Lust, auf diesem manikürten Rasen herumzutrampeln, einige der Plastikblumen aus ihren Kübeln zu reißen und in der Gegend herumzuwerfen. Pfeifenputzerblume!
Hoher Grad von Selbständigkeit. Dafür allerdings sehr teuer und jahrelange Wartelisten. Vielleicht Beziehungen. Über Caritas. Eine Kollegin von Herbert im Stadtrat.
Ich lasse sie reden. Vielleicht will sie ja später da mit ihrem Herbert einziehen.
Sollten es jedenfalls versuchen. Zum Glück ist das Geld bei euch ja kein Problem dank des Hausverkaufs.
Daß sie uns das Haus weggenommen haben, das hätte sie jetzt nicht erwähnen dürfen. Das geht wirklich zu weit.
»Oh, paß doch auf, Elli! Jetzt hast du Herberts Flamingoblume umgeknickt!«
Eine Weile ist sie abgelenkt, ärgerlich murmelnd damit befaßt, die Pflanze wieder aufzurichten und sie zu stützen,

aber ich kann dir versichern, es wird dir nicht gelingen, sie ist hin, meine Liebe. Ich hatte gehofft, der Tod der Flamingoblume würde dem Thema ein für allemal ein Ende setzen, aber Ines kommt stur wieder darauf zurück. Ich weiß, es ist schwer für dich, diese Dinge ins Auge zu fassen, Elli, aber es hilft nichts, wir müssen sie angehen. Vielleicht willst du auch gar nicht zusammen mit Vater in ein Heim gehen, noch kommst du ja einigermaßen gut zurecht, vielleicht möchtest du lieber in eurer Wohnung bleiben und ihn täglich besuchen? Keine Antwort. Ich weiß nicht mal genau, ob man in so einer Altenwohnung bleiben darf, wenn der Partner verstirbt, ob man dann nicht wieder umziehen muß. Das müssen wir alles bedenken und erst noch herausfinden. Du sagst gar nichts, Elli. Macht nichts, ich bin bereit, die nötigen Informationen allein einzuholen. Du möchtest doch auch, daß Vater die bestmögliche Pflege erhält, stimmt's? Weil du ihn doch vor allen anderen liebhast.
Nein, so etwas Sentimentales kann Ines gar nicht gesagt haben. »Hast ein Reh du lieb vor andern, laß es nicht alleine grasen.« Eichendorff. Ich muß es mir eingebildet haben, all dieses Zeug mit dem Pflegeheim. Seit wann hätte Ines je Gedichte zitiert?
»Überleg es dir in aller Ruhe. Es muß ja nicht gleich heute oder morgen sein, aber eben doch in nicht allzu ferner Zukunft. Wir sollten die Sache zumindest noch in diesem Jahr in die Wege leiten, denn solche Dinge brauchen ihre Zeit.«
Ich wundere mich selbst darüber, wie ruhig ich mir das anhöre, ohne die Augen zu rollen oder die Zähne zu fletschen, wonach mir durchaus zumute ist. Statt dessen sitze ich da, mit gesenktem Kopf, und bemühe mich, nichts von dem mitzubekommen, was sie sagt.
»Hörst du das?« frage ich Ines, um sie abzulenken.
»Was?«
»Na, diese Musik. Orgeln.«

Dabei weiß ich genau, daß die Melodie nur in meinem Kopf ist. Aber sie soll endlich aufhören, auf mich einzureden. Sie lauscht angestrengt. »Da ist keine Musik«, erklärt sie irritiert.

Die Düsternis ist ein schwarzer Vogel, der abwartend über mir kreist und äugt, der lauert, kreist, äugt und sich dann plötzlich, wenn man ihn gerade vergessen hat, mit gerecktem Schnabel auf einen fallen läßt, seiner Beute sicher. Als Ines verdrießlich verstummt, kann ich durch die Orgelmusik in meinem Kopf seinen lauernden Flügelschlag hören.

Wie schrecklich bange mir ist, merke ich erst, als Ines schweigt. Ich bin von allen Seiten umstellt und weiß nicht ein noch aus. Plötzlich finde ich mich dabei, ihr von den Leuten zu erzählen, die nachts in unsere Wohnung eindringen – obwohl ich mir doch fest vorgenommen hatte, es nicht zu tun. »Es müssen zwei oder drei sein. Ich wünschte nur, dein Vater wäre wieder zu Hause. Sie nutzen es aus, daß ich allein bin. Ich kann sie leise reden hören; sie sitzen murmelnd um den Küchentisch und essen unsere Vorräte weg. Wenn ich es endlich geschafft habe, mich aus dem Bett zu stemmen, wenn ich in die Küche gehumpelt bin, sind sie längst wieder fort, aus dem Fenster, über den Balkon.«

Ines starrt mich an. Wußte ich doch, daß sie mir nicht glauben würde. »Das träumst du, Elli. Du weißt doch selber ganz genau, daß das nur ein Traum ist!«

XXII.

Ich wäre nur zu froh, wenn Ines recht hätte, doch da sind sie schon wieder. Diesmal haben sie nicht einmal gewartet, bis ich eingeschlafen bin. Ich höre sie reden, kaum daß ich mich ins Schlafzimmer zurückgezogen habe. Sie geben sich keine Mühe, leise zu sein und sich vor mir zu verbergen – so sicher sind sie sich ihrer Sache inzwischen. Ihr entferntes Stimmengemurmel schwillt an, klingt immer bedrohlicher, und aus der spaltweit geöffneten Küchentür dringt der Schein eines bläulichen Lichts, das sie um sich verbreiten.

So ein Saustall! Unglaublich, verkommen, ekelhaft.

Sie ist vollkommen verhuscht, verkalkt. Läuft wie ein kopfloses Huhn durch die Gegend.

Sie würden nicht glauben, was die Frau in letzter Zeit alles anstellt.

Sie vergißt und verliert alles mögliche. Kann nicht mal für sich selber sorgen, geschweige denn für andere.

Der Schweinestall hier ist der beste Beweis. Sehen Sie sich den Küchenfußboden an. Unglaublich. Verkommen. Ekelhaft.

Diese Stimme kenne ich doch. Ich stehe lauschend hinter der Küchentür.

Und stinken tut es. Ungewaschen und nach Klo.

Was tut die Frau eigentlich den lieben langen Tag, außer an ihren Blumen herumzupfen? Der Herd: verklebt, verkrustet. Spinnweben unter der Decke.

Wenn Sie die Schubfächer aufmachen, kommen Ihnen schon Tiere entgegengekrochen, Maden und Würmer.

Im Krankenhaus hat sie sich auch sehr merkwürdig aufgeführt.
Jetzt weiß ich, wer da redet. Es ist die Oberschwester von Pauls Station. Ich kann sie jetzt durch den Türspalt erkennen: drei alte Weiber, schwarz gekleidet, stecken im bläulichen Licht um den Küchentisch die Köpfe zusammen.
Kein Wunder, daß der Mann nicht bei ihr bleiben will.
Das ist nicht wahr! rufe ich, in die Küchentür tretend. Das ist gelogen!
Sie mustern mich, alle drei, eine wie die andere höhnisch grinsend. Dann reden sie, ohne meinen Protest zu beachten, über meinen Kopf hinweg weiter, als wäre ich gar nicht da.
Man kann es dem armen Mann nicht verdenken, bei diesem Dreck.
Und dabei ist sie sich immer als etwas Besseres vorgekommen, diese arrogante Person, verkündet Frau Frickerhaus, die ich erst jetzt erkenne. Also hat sie die Leute hereingelassen! Ich habe immer geahnt, daß sie einen Nachschlüssel zu unserer Wohnung besitzt.
Was glaubt sie eigentlich, was eine Pflegerin kostet, eine für tags und eine für nachts? fragt die Oberschwester.
Und selbst wenn sie sie bezahlen könnte, wer würde hier schon arbeiten wollen? fügt die Frickerhaus hinzu.
Ich wollte ja auch nie hierherziehen. Wären wir im Haus geblieben, Paul und ich, hätten wir Platz genug gehabt für eine bezahlte Ganztagspflegerin.
Den Mann kriegt sie nicht wieder zurück.
Nein, o nein! – Die das gesagt hat, mit dem Rücken zu mir, ist meine Mutter. Das darfst du nicht sagen, Mutter, das kannst du nicht meinen. Sie dreht sich langsam nach mir um. Warum hast du denn auch alles so verkommen lassen? Ich habe nun wirklich versucht, dir die Schlamperei schon als Kind auszutreiben. Ordnung und Sauberkeit sind das

halbe Leben. Was sollen die Leute von dir denken? Los, fang schon an!
Sie wirft mir einen kleinen weißen Putzlappen vor die Füße. Aber das ist doch ein Hemdchen von Annie! Und wenn schon, es wird ja sonst nicht mehr gebraucht. Warum fängst du nicht an? Zitternd vor Kälte hocke ich mich auf den Küchenfußboden und beginne, ihn zu schrubben, hilflose kleine Kreise in einer klebrigen, dunklen Schmutzschicht.
Diese Tochter hat mir so viel Kummer gemacht: Sie würden es nicht glauben, erzählt meine Mutter den anderen beiden Vogelscheuchen. Hätte Elli besser aufgepaßt, würde meine Lisa noch leben.
Hör auf, Mutter, bitte! Du weißt, daß es nicht meine Schuld war. Du siehst doch, wie ich mir Mühe gebe. Ich schrubbe und schrubbe und erziele, obwohl ich ganz außer Atem bin vor lauter Anstrengung, doch nur schmierige Muster auf dem Linoleum.
Sogar auf ihre eigene Tochter konnte sie nicht ordentlich aufpassen.
Das ist nicht wahr, das ist gelogen! Ich hocke weinend am Boden, und die drei schwarzen Krähen murmeln am Küchentisch, ohne sich an mir zu stören. Zwei stricken schwarze Strümpfe, und Mutter wiegt etwas Verkohltes im Arm – nein, es ist Annies Teddy, der häßlich gerupfte Teddy mit den metallischen Augen. Meine Tränen tropfen auf den Boden, der immer ärger verschmiert.
Sie warf sich gegen das Scheunentor und konnte es nicht mehr aufbekommen. Wie muß sie geschrien haben, als sie verbrannte! Erst schrie sie noch deinen Namen: Elli! Hilfe!, und dann waren es diese gräßlichen Schmerzensschreie, die nicht mehr menschlich klingen.
Hör auf, Mutter, du sollst aufhören! Ich halte mir mit beiden Händen die Ohren zu. Die Leute haben nichts gehört. Vielleicht ist sie ganz schnell erstickt.

Mach weiter, mach weiter, so wirst du nie fertig mit deinem Haushalt, sagt Mutter geschäftig. Den Mann ist sie sowieso los, sagt die Oberschwester, sie werden ihn in ein Pflegeheim stecken, wo er besser versorgt wird.
Beide müssen sie ins Heim, triumphiert die Frickerhaus. Habe ich ihr nicht so und so oft meine Hilfe angeboten? Aber da war die Gnädige sich ja zu gut zu.
Bald kommen die Leute, um sie abzuholen.
Niemals. Ich mache einfach die Türe nicht auf. Aber wie werde ich die gräßlichen Alten los? So hilf mir doch, Paul! Könnten wir nicht einfach zurück in unser Haus gehen? Waren wir nicht vor kurzem noch dort, saßen wir nicht vor einigen Tagen noch vor dem Küchenfenster und genossen die letzten schrägen Herbststrahlen der Nachmittagssonne? Habe ich nicht eben erst mit Paul die Quitten von den beiden Büschen am Tor gepflückt und bis in die Nacht hinein verarbeitet? Quittengelee, Quittenbrot – das ist das wirkliche Leben, nicht die Gespenster hier. Während ich die harten gelben Früchte zerstückele und weich koche, trägt Paul mir, am Küchentisch sitzend, seine Gedanken zur Krise des Individualismus vor.
Ach Paul, dein kostbarer Paul! bemerkt meine Mutter abschätzig. Du hast wohl noch immer nicht verstanden, daß ihm längst alles egal ist. Du bist ihm genauso egal wie alles sonst.
Unsinn! Infame Lüge! Ich wende mich ab, mit Tränen in den Augen. Immerhin hat der Gliederkaktus wieder Knospen, zum dritten Mal schon in diesem Jahr, das ist tröstlich. Sollen sie reden, was sie wollen, ich höre ihnen nicht mehr zu. Statt dessen wende ich mich meinen Blumen zu. Blumen lügen nicht.
Was gießt du denn die toten Strünke? rufen sie höhnend hinter meinem Rücken.
Ungläubig starre ich auf die Kästen. In der Tat: schwarze blatt-

lose Stengel, wo es gestern noch in allen Farben leuchtete, alles verdorrt, alles tot. Sie haben meine Blumen vergiftet. Ich sacke zu Boden und schluchze hemmungslos.
Als ich eine Weile später, vor Kälte ganz erstarrt, wieder zu mir komme, sind sie fort. Die Küche liegt leer im bläulichen Licht. Wenigstens eine Atempause, auch wenn man nicht wissen kann, wie lang sie sein mag. Sie haben eine grausige Unordnung hinterlassen, nur um mich zu ärgern, Schubladen aus den Schränken gezerrt, den Inhalt in der Gegend verstreut, Teller und Tassen am Boden zerschmettert, Lebensmittelpackungen zerfetzt und ausgekippt und ein, zwei Eimer Wasser über dem Unrat geleert. Ich rappele mich auf und stehe ratlos herum. Durch die weit aufgerissene Balkontür weht die kalte Nachtluft herein, und ich zittere, barfuß und im Hemd.
Bbbrr! Als ich meinen Mantel von der Garderobe zerre, schrillt die Klingel gleich neben mir. Nicht schon wieder! Es schellt zweimal, dreimal, dann hämmert Frau Frickerhaus mit beiden Händen gegen die Etagentür: »Frau Huysmann! Was ist los? Sind Sie da? Sind Sie in Ordnung?«
Diese schamlose Person, diese Heuchlerin, als ob sie nicht bestens Bescheid wüßte! Ohne die anderen traut sie sich nicht herein. »Lassen Sie mich endlich schlafen!« brülle ich. Infam, jetzt auch noch Besorgnis zu mimen. »Das hat mir gereicht für eine Nacht! Verschwinden Sie sofort, oder ich rufe die Polizei!« Ich wüßte nicht, warum ich mich nach diesen Vorfällen noch um Höflichkeit bemühen sollte. Keine Antwort, Stille. Sie lauert auf der anderen Seite der Tür. Wir lauern beide. Dann höre ich sie langsam, taptap, die Treppe abwärts watscheln.
Das wird noch ein Nachspiel haben! Ich kann mir schließlich nicht alles gefallen lassen. Wie gern würde ich jetzt schlafen gehen, zumal ich schrecklich friere. Aber daran ist jetzt, aufgewühlt wie ich bin, gar nicht zu denken.

Ich wandere ins Wohnzimmer und baue mich vor Pauls leerem Sessel auf: Wie konntest du zulassen, daß sie sich so über mich hermachen? Warum bist du nicht da, wenn ich dich brauche? Jetzt hör mir mal gut zu, mein Lieber! Was fällt dir überhaupt ein, dich so mir nichts, dir nichts davonzustehlen? So war es nicht ausgemacht zwischen uns. Wir hatten beschlossen, gemeinsam zu gehen, wenn es soweit ist. Also halte dich gefälligst daran.

Wer hat hier wen im Stich gelassen, Elli?

Paul ist doch nicht tot, er ist im Krankenhaus. Er ist nicht freiwillig gegangen, sie haben ihn einfach mitgenommen. Aber noch ist nichts verloren. Geh sofort zu ihm. Hol ihn nach Hause. Dazu brauchst du Ines gar nicht.

Sie würde es dir nur auszureden versuchen, mit irgendeiner fadenscheinigen Begründung. Du mußt einfach nur ein Taxi rufen, Kinderspiel, viermal die Sieben.

»Jetzt sofort?« fragt die Stimme aus der Taxizentrale.

»Ja, sofort, es ist sehr dringend.«

Du hast deinen Mantel an, gut, du hast deine Handtasche, du hast Geld. Gut, gut. Zum Glück ist mir auch der Name des Krankenhauses gleich eingefallen.

»Ein Notfall?« fragt der Taxifahrer mitfühlend. Ich nicke, aber mehr bekommt er aus mir nicht heraus, obwohl es ein freundlicher Mensch ist, der mir beim Aussteigen hilft und mich auch am Arm die Auffahrt hinaufgeleitet, als sei ich krank. »Kommen Sie zurecht?« Jaja. In der weiten menschenleeren Halle sitzt in ihrem Glashäuschen die Nonne, die diesmal gleich aufschaut und herausgeschossen kommt, obwohl ich zielbewußt an ihr vorbei zum Aufzug humpele.

»Wo wollen Sie denn hin?«

»Zu meinem Mann, Paul Huysmann. Ich muß sofort zu meinem Mann.«

»Jetzt? Sind Sie benachrichtigt worden?«

»Ich will einfach zu ihm.«

Sie mustert mich gründlich von oben bis unten. Na wenn schon, das Nachthemd schaut unter dem Mantel hervor, aber es könnte ebensogut ein langer Rock sein. Und ich habe vergessen, die Pantoffeln gegen Schuhe einzutauschen. Aber schließlich regnet es im Taxi nicht.
»Wissen Sie, wie spät es ist? Drei Uhr in der Frühe.«
»Das ist mir ganz egal. Wo ist mein Mann? Was haben Sie mit ihm gemacht? Er braucht mich. Schon seit Tagen läßt man mich nicht zu ihm. Ich muß ihn sofort sehen. Ich will ihn wieder mit nach Hause nehmen.«
Ich sage nicht: Er soll wieder dasein, wenn sein Kaktus blüht, der hat schon Knospen angesetzt. Das sage ich nicht, weil es die Nonne unnötig verwirren würde.
Sie scheint trotz allem ganz freundlich zu sein. Begütigend legt sie die Hand auf meinen Arm. »Frau Huysmann, Ihr Mann schläft jetzt tief und fest. Er würde sich sehr erschrekken, wenn Sie plötzlich mitten in der Nacht bei ihm auftauchten. Glauben Sie mir: Es liegt kein Notfall vor. Wenn es so wäre, hätte man mich benachrichtigt. Sie machen sich unnötig Sorgen.«
Sie schaut jetzt weniger prüfend als mitleidig und führt mich am Arm in ihr Glashäuschen. Eben war ich so aufgeregt, nun fühle ich mich nur noch hundemüde und elend. »Setzen Sie sich, hier drinnen ist es wärmer. Ihr Taxi ist fort; ich rufe Ihnen jetzt ein anderes für die Rückfahrt.«
»Ja«, sage ich wie ein braves kleines Mädchen, ganz gefügig. Es wäre wirklich schön, gleich jetzt in meinem warmen Bett zu liegen. Ich spüre, wie ich schon hier im Sitzen halbwegs einnicke, während sie leise, gleichmäßig auf mich einredet: Morgen kommen Sie wieder her, und Ihr Mann empfängt Sie ausgeruht und munter, Sie werden sehen. Wo liegt er denn, will sie wissen, was fehlt ihm denn? Aber ich kann in meiner großen Müdigkeit ihre Fragen nur unzureichend beantworten. Ich erzähle jedoch von meiner Angst, meiner großen

Angst, daß Paul nicht wieder nach Hause kommt, nie mehr – oder jedenfalls nicht als der alte Paul.
»Wenn Sie wollen, können wir gemeinsam für seine Gesundheit beten.«
Ich finde es sehr nett, daß sie für Paul beten will, obwohl sie ihn doch gar nicht kennt. Andererseits glaube ich nicht wirklich daran und bin auch so schrecklich müde. Aber man kann nie wissen. Sie betet leise, mit ruhiger Stimme.
Quittenmarmelade. Daß ich wieder mit ihm in der Sonne sitze und Quitten einkoche. Daß er mit mir redet, wenn er aus dem Krankenhaus zurückkehrt, wie früher mit mir redet. Sie ist eine so nette Nonne, alles in allem, obwohl sie mich nicht zu ihm lassen wollte, mit rundem, glattem Gesicht, alterslos, ohne Falten und sorgenfrei, rund gegessen um die tanzenden grün gesprenkelten Augen. Amen.
»Sehen Sie zu, daß die Dame sicher zurück in ihre Wohnung findet«, trägt sie dem Taxifahrer auf. Ich weiß nicht, ob es der von vorhin ist oder ein anderer. Jedenfalls hilft er mir an der Haustür mit dem Schlüssel, weil meine Hände so zittern. Er bringt mich sogar zur Wohnungstür hoch. Ich bin sicher, daß Frau Frickerhaus nichts entgangen ist; wahrscheinlich hat sie auf meine Rückkehr gelauert, und bestimmt wird sie den anderen brühwarm alles erzählen.

XXIII.

»Du lieber Gott!« Frau Feigel erstarrt auf der Küchenschwelle, die Hände in die Hüften gestemmt. »Hier ist wohl eine Bombe eingeschlagen!«
»Ich habe etwas gesucht«, erwidere ich störrisch. Ich finde ihre Reaktion reichlich übertrieben, schließlich habe ich schon das meiste, das die nächtlichen Eindringlinge über den Boden verstreut hatten, in Putzeimer und Spülbecken gestopft.
»Mitten in der Nacht, was?« fragt die Feigel. »Die von unten hat es mir schon erzählt. Sagt, sie hätte beinahe die Polizei gerufen, es hätte wie ein Überfall geklungen. Warum schlafen Sie nicht in der Nacht und suchen am Tag?« Sie lacht dröhnend.
Frau Feigel ist direkt und ziemlich vulgär, aber man darf es ihr nicht übelnehmen. Ich bin froh, daß sie nach längerer Unterbrechung wieder da ist und mir helfen kann, das Chaos zu beseitigen. Ich fürchtete schon, Ines hätte sie mit ihrer herablassenden Art vergrault.
Tag und Nacht – das sagt sich so einfach daher. Es ist jetzt immer dunkel, das Licht muß stets angeschaltet bleiben. Seit Tagen suche ich Pauls Notizen zur Krise des Individualismus, die zwischen blauen Aktendeckeln aufbewahrt waren; ich suche seine Rede von damals, die Fotos von der Preisverleihung und vom Fest zu seinem 75. Geburtstag. Auch kann ich kein einziges Foto von Annie finden; jemand muß sie versteckt haben.
Paul ist seit wie vielen Tagen weg? Paul kommt – falls über-

haupt – wann wieder? Ich hatte mir irgendwo Striche an die Wand gemalt, große deutliche Striche mit schwarzem Filzstift, aber auch die sind verschwunden.
Ines sagt am Telefon: »Hör mal, Elli, deine Extravaganzen machen mir allmählich Sorge. Im übrigen habe ich es satt, mich dauernd bei Frau Frickerhaus entschuldigen zu müssen wegen der absonderlichen Dinge, die du tust.«
Absonderliche Dinge.
»Mitten in der Nacht herumzutoben. Es ist mir wirklich peinlich. Kannst du dich nicht ruhig beschäftigen, etwas lesen, wenn du nicht schlafen kannst?«
Etwas lesen. Sie weiß doch genau, daß meine Augen nicht in Ordnung sind.
»Warum gehst du nicht zum Augenarzt?«
Es hat keinen Sinn, vernünftig mit Ines zu reden. Auf alles hat sie eine simple Antwort, man weiß immer schon, was als nächstes kommt: Geh zum Arzt – zur Fußpflegerin – zur Caritas – ins Krankenhaus.
»Hören Sie mal«, sagt die Feigel, »ich weiß ja, wie Sie an Ihren Blumen hängen, aber Ihre Tochter wird nicht begeistert sein, wenn sie die Teppiche und die Kommode sieht. Sie gießen ja mehr die Möbel als die Blumentöpfe – eine Mahagonikommode auch noch. Lassen Sie das doch in Zukunft mich machen.«
Reizendes Angebot, besten Dank, wo Sie alle Jubeljahre mal kommen. Doch ich verrate Ines nie, wie unregelmäßig Frau Feigel ihren Dienst hier verrichtet. Wir haben unsere kleinen Geheimnisse. Dafür kann ich mich auf sie verlassen. Sie würde mich nicht im Stich lassen, wenn ich sie wirklich brauche. Zudem bin ich ihr dankbar, daß sie mich in Frieden machen läßt und nicht ständig bevormundet.
Fremde Menschen in der Wohnung strengen mich an und verwirren mich, wo es mir ohnehin schwerfällt, mich zu konzentrieren, mit diesen anhaltenden Kopfschmerzen. Tag

und Nacht verschwimmen mir. Lege ich mich zu Bett, kann ich nicht schlafen, das Blut und die Gedanken rasen durch meinen Schädel, der Puls galoppiert, und wenn ich endlich schläfrig werde, meldet sich unerbittlich die Stimme des Ansagers in meinem Kopf. Kaum entschließe ich mich aufzustehen, fühle ich mich schon tödlich erschöpft; ich schleppe mich mit Schwindelgefühlen durch die Wohnung. Immer häufiger fürchte ich zu stürzen, wenn ich vornübergebeugt im Sekretär oder zwischen den Bücherregalen wühle; ich muß mich mit einer Hand festhalten, und dann fallen mir Gegenstände entgegen, die ich gar nicht brauchen kann, fremde Handschriften, Briefe von Verstorbenen, an die ich mich nicht einmal erinnere. Ich muß doch die guten Dinge finden, Erinnerungsstücke, die die guten Zeiten zurückrufen, warum ist das so schwer? Es muß doch noch etwas geben, das zeigt, wer wir waren und wer wir sind, etwas, das man uns nicht wegnehmen kann.

»Wann kommt Paul zurück?« frage ich Ines ohne große Hoffnung, und sie erwidert immer etwas anderes: Anfang nächster Woche. Noch drei Tage, es sind doch erst drei. Ganz bald, es dauert jetzt nicht mehr lange. Überübermorgen. Noch zweimal schlafen, Elli – wie wenn man ein Kind auf Weihnachten vertröstet. Aber ich schlafe nicht, Ines. Das heißt, manchmal nicke ich am Küchentisch ein und erwache, wenn mein Kopf schmerzhaft auf der Tischplatte landet.

»Sieht fast aus, als gingen Sie mit den Kleidern ins Bett und liefen am Tag im Nachthemd herum!« erklärt Frau Feigel unter dröhnendem Gelächter. »Wollen Sie das da nicht mal ausziehen? Wo wir letztens so schön im Kleiderschrank aufgeräumt haben, Ihre Tochter und ich, finden Sie bestimmt was anderes. Und das da nehme ich dann zur Reinigung mit.«

Welches das da?

Eigentlich hätte ich gern noch einmal mit der Nonne gesprochen. Diese Nonne war so freundlich und tröstlich. Aber ich will nicht ins Krankenhaus, weil es doch umsonst ist und sie mich nicht zu Paul lassen – falls er überhaupt dort ist. Auch wenn Ines mir mit ihren Lügengeschichten das Herz schwermacht: Ich verstehe nicht, warum du so selten im Krankenhaus bist. Vater ist so enttäuscht, er wartet auf dich, er hat sich bei mir beklagt, mit Tränen in den Augen.

Was soll ich denn machen, Paul, vergib mir, ich habe es mehrfach versucht, aber sie sind stärker als ich, ich kann nicht zu dir durchdringen. Mir geht es hier ohne dich kaum besser als dir dort ohne mich, ich vegetiere, ich kann ohne dich nicht leben und nicht sterben.

»Sie könnten gelegentlich ruhig mal selbst eine Mülltüte runtertragen«, sagt Frau Feigel. »Die Dinger stinken infam. Und Tag und Nacht die Jalousien geschlossen zu halten, ist auch nicht das Wahre. Sie wissen ja gar nicht mehr, was draußen für ein Wetter ist.« Wer seine Blumen genau beobachtet, weiß alles, was man wissen muß, über das Wetter und die Jahreszeiten. Nicht laut sagen, es könnte sie verärgern.

»So schwer sind die Mülltüten schließlich auch nicht. Sie können sich mit der anderen Hand am Treppengeländer festhalten. Das kann ich, natürlich kann ich das, Frau Feigel. Es ist nur wegen der da unten, der Frickerhaus, sie würde mich doch todsicher im Treppenhaus abfangen. Wo kommt außerdem all der Müll her, ich esse doch kaum, und warum müssen sie auch die Abflußrohre vom Klo so eng bauen? Zum Glück hat Frau Feigel noch nicht bemerkt, daß das eine schon mit Abfall verstopft ist. Zum Glück haben wir zwei Toiletten.

»Sie müssen mir saubermachen helfen, wenn mein Mann wieder nach Hause kommt. Sie helfen mir doch, Frau Feigel?« Sonst darf er nachher nicht bleiben, wenn es zu unordentlich ist.

»Klar helfe ich, keine Sorge.«

Das Geld ist mir egal. Sie kann sich nehmen, was sie für richtig hält. Ich habe nur noch selten was im Haus, wofür auch, ich gebe ihr immer Barschecks mit, sie nimmt sich, was sie bekommt, und bringt mit, was ich zum Leben brauche. Geld ist unwichtig, wir haben mehr davon, als wir verbrauchen könnten. Gaben wir nicht früher unerhörte Summen für Bücher aus und noch mehr für den Garten, für alle die Blumen, Samen, Erde, Dünger, Geräte und Zubehör? Das sparen wir doch jetzt.
Es müßte jede Menge Geld auf der Bank sein, ich habe den Überblick verloren, und auch Paul interessiert sich schon lange nicht mehr dafür. Aber die mißtrauische Ines: »Sag mal, wird Frau Feigel nicht etwas sehr großzügig von dir bedacht? Was zahlst du ihr denn? Sie kommt doch höchstens zwei Stunden.« Rasch zähle ich auf, was die Feigel zwischendurch sonst noch für uns tut: Besorgungen, Nähen, Bügeln und so weiter. »Na ja.« Das Mißtrauen klingt unvermindert durch. Wenn Ines nun eines Tages auch unsere Ausgaben kontrollieren will: Die Verschwendung muß aufhören, Elli, sonst bleibt nicht genug für das Pflegeheim. Hier ist dein Taschengeld, das hier ist für Vater. Was sonst noch fällig wird, überweisen Herbert und ich direkt von eurem Konto, auch Frau Feigels Lohn. – Dann wird die Feigel nicht mehr mitspielen. Was soll dann aus uns werden?
Mal friere ich, und mal ist mir heiß. Kaum habe ich mich hingelegt, trampelt es auf meiner Brust herum. So muß Paul zumute sein, wenn er vor Atemnot keucht. Jeder Lärm regt mich auf. Die Kopfschmerzen bohren sich durch alle Gedanken. Ich fühle mich so schwach, daß meine Hände zittern und nichts festhalten können. Wie kann ich Ruhe finden, wenn in Armen und Beinen tausend Ameisen laufen? Manchmal ist mir, als wäre ich gar nicht wach, sondern als schliefe ich die meiste Zeit und träumte einen langen, wirren, nur gelegentlich unterbrochenen Traum.

»Sie essen zu wenig«, sagt Frau Feigel, »Sie sehen, mit Verlaub, aus wie ein Gespenst.«
Mal bin ich in der Wohnung und mal im alten Haus, manchmal ist früher und dann auch wieder jetzt, ich spreche mit Mutter, Lisa und Annie, als lebten sie noch, und mal ist Paul bei mir, gesund und munter, aber plötzlich ist er wieder krank und nicht ansprechbar und ich mutterseelenallein – wie soll man sich da zurechtfinden? Ich liege mit geöffneten Augen und sehe Menschen und Kulissen vorüberziehen. Ich möchte im Haus bleiben, aber sie lassen uns nicht, ich klammere mich an die vertrauten Gartenbilder, aber schon sind wir wieder auf der Flucht, Mutter, Lisa und ich, schon rennen wir wieder die Straße entlang, Paul und Annie und ich. Da ist wieder die staubige Allee, die wir entlanglaufen, hinter uns der Krieg, der den rostbraunen Horizont rötlich färbt, die Herbstallee im Laub und links und rechts, so weit das Auge reicht, verblühte Sonnenblumenfelder; wie schwere schwarze Scheiben hängen die verkohlten Sonnen zu Boden. Ich bin so müde, zum Umfallen müde, und ich schleife die schwarze Tasche hinter mir her über den Boden. Annie zappelt darin; sie will heraus, sie will selber laufen, aber das darf ich nicht zulassen – wie soll ich sonst auf sie aufpassen? Ich stolpere, aber ich darf nicht fallen, muß weiter, immer weiter. Doch bald kann ich nicht mehr, Paul, ich weiß nicht, wie lange ich es noch schaffe, dein Gewicht ist wie Blei und weit und breit kein schützendes Haus in Sicht. Da schaltet sich wieder die leise, kalte Stimme des Nachrichtensprechers ein. Sie laufen ja in die falsche Richtung, flüstert er in mein Ohr, Sie laufen ja geradewegs in den Krieg hinein! Die Stadt steht längst in Flammen. Riechen Sie denn nicht den Geruch von verbranntem Fleisch in den Straßen? Die Menschen taumeln als brennende Fackeln zwischen den Ruinen. Niemand kann mehr einem anderen helfen, jeder ist allein. Sie springen in Teiche und Flüsse und schreien, weil

die Qual nicht nachläßt im Wasser; sie schreien, bis sie endlich gestorben sind, zu Wasser und zu Lande. Die Mütter tragen kleine Phosphorfackeln an sich gedrückt, sie wälzen sich am Boden, um das Feuer zu löschen, ihre Babys in den hochgereckten Armen.
Aufhören! Er soll sofort aufhören! Ich halte mit beiden Händen die Ohren zu, doch man kann die Stimme nicht abstellen. Dagegen hilft nur aufstehen, trotz aller Müdigkeit, aufstehen, in der Wohnung herumlaufen und ein paar schöne Dinge von früher suchen, Fotos zum Beispiel, unser Haus im Schmuck des wilden Weins, das Gartentor, wenn der blühende Goldregen sich darüber neigt. Ist das nicht Elli, die da in die Kamera lächelt, Elli, wie sie frische Kräuter für das Mittagessen schneidet? Annie, noch klein, strampelt auf ihrem Dreirad vor dem Haus, sie winkt mir zu: Jetzt guck mal, was ich schon kann! Zwei kleine abstehende Haarzöpfchen, eins rechts, eins links, und das strahlende unbekümmerte Lächeln dazwischen. Aber vorsichtig, Annie, nur bis zur Ecke und nie auf die Fahrbahn! Ich habe mir dieses Lächeln nicht genug angeschaut, als es noch da war; jetzt ist es nur noch ein weißer Fleck zwischen den Zöpfen. Ich beuge mich verbissen über meine Blumen, denn ich will das nicht, was jetzt kommt, das Bremsenquietschen, den dumpfen Aufprall, den roten Blitz in meinem Bewußtsein, von Schwärze gefolgt.
Besser keine Annie-Bilder, auch das Dreirad nicht, obwohl noch Zeit genug sein sollte zwischen dem Dreirad und dem Fahrrad. Ich habe doch immer gesagt: Paß auf, gib acht, ich habe ihr nie erlaubt, etwas Gefährliches zu tun – was hätte ich denn noch mehr tun können? Sie bekam ihr Fahrrad erst nach langem Betteln, zum neunten Geburtstag, all ihre Freundinnen besaßen angeblich schon eins. Als Fußgänger lebst du doch viel gefährlicher als auf dem Rad, behauptete sie großspurig, und auch Paul meinte, du übertreibst wirk-

lich ein bißchen, Elli. Wenn das Kind mal Nasenbluten hat, rufst du gleich den Doktor, und schon mit einem kleinen Schnupfen soll sie nicht in die Schule. Aber was den Baggersee betrifft, ist Paul mit mir einer Meinung: Wir wollen nicht, daß du im Baggersee schwimmen gehst, Annie – erst letztes Jahr sind dort wieder zwei Kinder ertrunken. Müssen Babys gewesen sein, die nicht richtig schwimmen konnten, meint sie verächtlich. Annie ist eine gute Schwimmerin. Keineswegs Babys, und du weißt genau, was dort gefährlich ist: die plötzlichen, unberechenbaren, kalten Strömungen.
Doch da kommt mir Annie mit drei ihrer Freundinnen entgegen, zufällig treffe ich sie, wie sie ihre Fahrräder hügelan schieben, das Badezeug im Körbchen. Sag mal, hattest du nicht gesagt, du wolltest heute nachmittag bei Rosemarie im Garten lernen? Verdrossenes Schweigen. Und das ist ja wohl nicht der Weg zum Schwimmbad! Papa und ich hatten dir ein für allemal verboten, im Baggersee zu schwimmen. Die andern gehen aber alle; die andern dürfen alle. Ganz egal, deswegen gehst du noch lange nicht. Die drei Freundinnen warten auf der anderen Straßenseite; an ihre Räder gelehnt, verstohlen grinsend und höchst interessiert verfolgen sie den Wortwechsel. Laß mich einmal mitgehen, Mami, bitte, nur dieses eine Mal! bettelt sie. Nein, sage ich fest, du bleibst hier, denn einmal erlaubt ist für immer erlaubt, ich kenne Annie. Nie darf ich was, verdammter Mist! schreit sie zornesrot und stampft mit dem Fuß auf. Die anderen Mädchen feixen und kichern. Und ich gehe doch! Nein, Annie, erkläre ich ruhig, du wirst nicht gehen. Nie läßt du mich! Nie darf ich was! Alle lachen schon über mich! schreit sie. Das reicht, Schluß jetzt, Annie. Du kannst mich zum Einkaufen begleiten.
Ich habe meine Hand auf ihren Arm gelegt, aber sie reißt sich los, Tränen in den Augen, springt aufs Rad und schießt wie ein Zornesblitz davon, die Straße hinunter, fort von mir, weg von den Freundinnen, blind vor Wut.

Um Gottes willen, Annie, paß auf!
Das Auto bog am Fuß des Hügels um die Ecke, es fuhr nicht einmal besonders schnell. Annie war viel schneller, als sie mit voller Wucht gegen die Kühlerhaube prallte. Das Fahrrad tat einen kleinen Sprung, dann trennten sich Annie und das Fahrrad in der Luft, überschlugen sich und gingen an verschiedenen Stellen zu Boden. Das dumpfe Geräusch des Aufpralls und das Qietschen der Bremsen war bis oben auf die Anhöhe zu hören. Die Leute liefen zusammen.
Ich habe doch immer so gut auf sie aufgepaßt. Meinst du jetzt Lisa oder Annie? fragt meine Mutter. Ich habe mir solche Mühe gegeben. Was ich nie begreifen werde, ist der Kontrast zwischen dem kleinen, weißen, feinen Gesicht auf der Trage und dem zornigen, trotzigen, lebendigen, dem wirklichen Annie-Gesicht, nur wenige Sekunden zuvor. Ich will aber! Und ich tue es doch! Oder zwischen Pauls fragendem ungläubigem Gesicht, als er zu Boden taumelt, und dem fremden, roten, mampfenden Gesicht auf dem Krankenhauskopfkissen.
Wenn der Nebel sich in meinem Kopf gelichtet hat, kommt die kleine Annie, die Vierjährige mit den Zöpfchen rechts und links, auf ihrem Dreirad unversehrt wieder um die Ecke geradelt: Guck mal, Mami, was für Kunststücke ich schon kann!
Laß das, Annie, laß die Kindereien, komm sofort rein, wir müssen packen, es ist Krieg, wir müssen fort hier, schnell, schnell und bloß kein Theater, wir können nicht einmal mehr warten, bis Paul nach Hause kommt, wir müssen rennen, bevor es zu spät ist. Aber die anderen Kinder dürfen alle noch draußen spielen. Unsinn, so beeil dich doch! Ich reiße sie an der Hand fort, sie jammert, ich will nicht, ich kann nicht so schnell, ich kann nicht mehr, während ich sie die Straße entlangzerre, eine Herbstallee oder auch eine Asphaltstraße zwischen verlassenen ausgebrannten Häusern,

vorbei an Müllhalden, Schlackebergen, rauchenden Fabrikhallen, inmitten eines Trecks von Flüchtlingen. Manchmal sind die Leute um uns her nur schemenhaft zu erkennen, Schattengestalten, ein Zug aus Seelen schon Verstorbener, die aus der zerstörten Stadt den Fluß entlang ins Nichts ziehen.

Und ich bin eine von ihnen, mittendrin, mit und ohne Annie, mit und ohne Paul, ich bewege mich mit dem gleichen schleppenden Schritt wie die anderen und sehe uns zugleich auch wie aus weiter Entfernung, aus der Vogelperspektive, ein graues Band, das langsam, langsam durch die öde Schattenlandschaft kriecht, über Berg und Tal, bis es sich irgendwo am Horizont auflöst und die Anstrengung endlich vorüber ist.

XXIV.

Dann geschieht ein Wunder, und Paul ist wieder da, einfach so. Plötzlich sitzt Paul in seinem Lehnsessel und schaut sich mit zögerlichen Kopfbewegungen um. Zwei Sanitäter haben ihn im Fahrstuhl hochbegleitet.

Paul! Bist du es wirklich? Hörst du mich, Paul?

»Blaß ist er, der Herr Huysmann«, stellt Frau Feigel mißbilligend fest. »Und Sie noch im Bett – was ist das denn für ein Empfang! Ihre Tochter hat Ihnen doch gestern Bescheid gesagt.«

Frau Feigel besitzt einen eigenen Wohnungsschlüssel. Ines hat Frau Feigel gebeten, Paul hier mit mir entgegenzunehmen, weil sie vormittags in der Schule nicht abkömmlich ist.

»Einen Kaffee? Ein schönes Teilchen?« fragt die Feigel. Paul nickt langsam. Seine blassen blauen Augen wandern mit leerem Blick von einem Möbelstück zum anderen.

»Paul! Du bist zu Hause!«

Ich kann es immer noch nicht fassen, es ist immer noch wie ein Bruchstück aus meinen wirren Träumen, das gleich wieder fortgleiten kann. Aufgeregt, ängstlich mache ich mich an ihn heran und nehme vorsichtig seine Hand, die sich schwer und leblos anfühlt.

Paul? Paul!

»Ihre Tochter hat gemeint, wir sollten ihn am besten gleich ins Bett packen, wenn er nach Hause kommt, damit es nicht zu anstrengend für ihn wird«, sagt Frau Feigel.

Er hat bisher noch kein Wort gesprochen.

»Sag doch was, Paul, bitte, rede mit mir!« Endlich bleiben

seine unruhigen Augen an mir hängen. Tränen stehen darin. Er ist es wirklich. Sei mir nicht böse, Paul, es war nicht meine Schuld, ich habe alles versucht, ich konnte wirklich nicht zu dir, ein paarmal war ich beim Krankenhaus, aber sie ließen mich nicht herein, ich war machtlos. Und ich hatte solche Angst. Du darfst mir einfach nicht böse sein! Ich drücke seinen mageren Oberkörper an mich, bis er hörbar nach Luft schnappt. Ja, du bist wieder zu Hause, du bist es wirklich. Sag mir, daß du nicht böse bist!
Als ich ihn loslasse, irrt sein Blick wieder umher.
»Wanlos?« fragt er. Frau Feigel soll jetzt gehen und mich mit ihm allein lassen, wenn sie ein bißchen Takt besäße, wäre sie längst weg. Statt dessen besteht sie darauf, ihn zu Bett zu bringen. Schlafen können wir doch immer noch. Paul will mich bestrafen; er schmollt wie Klein-Annie, als ich für vierzehn Tage zu meiner Mutter reisen mußte, als sie die schwere Operation hatte. Auch Annie tat, als wäre ich eine fremde Frau, als ob sie mich nach meiner Rückkehr nicht mehr erkennen würde, genau wie Paul jetzt. Genau wie sie wendet Paul den Kopf ab und macht sich steif gegen meine Umarmung. – Wenn Sie also bitte endlich nach Hause gehen würden, Frau Feigel!
Statt dessen sind plötzlich und völlig überflüssig auch noch Ines und Herbert da. Auch Ines hat einen eigenen Schlüssel – manchmal macht es mich ganz krank, wie viele Leute ungebeten bei uns ein und aus gehen können. Wieder gibt es Kuchen, wieder Kaffee und Kuchen und Kopfschmerzen von der Anstrengung, hin- und zugleich wegzuhören.
Sie reden von den Herbstferien. Vor allem Ines wirkt abgehetzt, nervös und erschöpft, und Herbert steht verlegen in der Gegend herum. Ich wäre euch dankbar, wenn ihr euch wenigstens setztet, nun, da ihr einmal da seid; merkt ihr nicht, daß ihr eine für Paul unerträgliche Unruhe verbreitet. Also, jemand muß sich morgens und abends um Vater küm-

mern, erklärt Ines, beim Aufstehen und Zubettgehen. Zwischendurch kommt ihr vielleicht für kurze Zeit zurecht. Ines und Frau Feigel haben schon untereinander ausgemacht, daß Frau Feigel einstweilen diesen Part übernehmen soll, bis zum Ende der Herbstferien. Anschließend hat Ines jemand anderes bestellt, eine Pflegerin, nur übergangsweise, sagt sie rasch, auch das, ohne mich zu fragen. Danach – in meinem Kopf beginnt es zu wirbeln – müssen wir Nägel mit Köpfen machen, Elli. Ich würde gerne gleich nach den Herbstferien – ist das jetzt vor oder nach der Pflegerin? – oh, stell dich doch nicht tumbe, Elli! wirft sie ungeduldig dazwischen –, also nach den Herbstferien wollen wir herumfahren und uns verschiedene Pflegeheime anschauen, damit du dir selber ein Urteil bilden kannst. Vielleicht kann Frau Feigel in dieser Zeit auf Vater aufpassen; Frau Frickerhaus würde sich bestimmt auch anbieten. O ja, ganz bestimmt, da bin ich mir sicher – aber nur über meine Leiche. Zum Glück liegt Paul schon nebenan im Bett und kann nicht hören, wie Ines Nägel mit Köpfen macht. Oder vielleicht doch?
Aber erst einmal die Herbstferien. Meinst du, ihr kommt zurecht, mit Frau Feigels Hilfe, wenn Herbert und ich jetzt für vierzehn Tage nach Südtirol fahren? Auf einmal werde ich ganz beredt. Ihr wollt zwei Wochen verreisen, Kinder? Aber das ist ja wunderbar, ich glaube, ihr habt es bitter nötig, vor allem du, Ines, siehst schlecht aus, ich bin froh, daß ihr fahrt. Frau Feigel läßt anklingen, daß es sie eine Menge Zeit kosten werde, jeden Morgen und jeden Abend herzukommen, mit dem Fahrrad. Nehmen Sie doch ein Taxi, bietet Ines ihr großzügig an, ein Taxi, das ich bezahlen soll, jetzt ist Ines großzügig auf meine Kosten – aber was macht das schon. Wenn Ines und Herbert erst fort sind, werde ich die Dinge in Ruhe mit Frau Feigel klären. Daß wir sie nämlich überhaupt nicht brauchen.
Naserümpfend begutachtet Ines die Wohnung, obwohl Frau

Feigel alles gestern noch blitzblank geputzt hat. Eine Stauballergie, haben sie im Krankenhaus gesagt, hörst du, Elli? Papa hat eine Stauballergie! – So was Dummes habe ich mein Lebtag noch nicht gehört. Wenn das eine Krankheit sein soll, dann müßte beinahe die gesamte Menschheit an ihr leiden, außer natürlich Ines und Frau Frickerhaus. Soll das alles sein, was sie im Krankenhaus herausgefunden haben? Natürlich nicht, Elli, du weißt doch, daß Vater schwer krank ist, nun sei doch nicht albern.
Du brauchst dich gar nicht so ausgiebig von ihm zu verabschieden, Ines, er erkennt dich doch nicht. Zur Zeit erkennt er niemanden außer mir.
Morgen oder übermorgen werden Ines und Herbert abreisen.
»Ihre Tochter ist wirklich ein bißchen etepetete«, erklärt Frau Feigel verschnupft, als sie gegangen sind. »Und Sie meinen wirklich, daß Sie allein zurechtkommen?« Aber ja doch, jetzt, wo Paul wieder da ist, wachsen mir Flügel. Und das Kochen? Die Jungens bringen weiterhin das Essen auf Rädern; Ines hat das veranlaßt. Nun gut, wenn Sie meinen. Aber Sie rufen mich bestimmt an, wenn Sie Hilfe brauchen? Ich nehme dann gleich ein Taxi.
Aber klar, Frau Feigel. Hochbefriedigt zieht sie ab. Beide sind wir hochbefriedigt. Endlich bin ich mit Paul allein.
Inzwischen bist du mir doch nicht mehr böse, stimmt's?
Du bist zu Hause, Paul.
Jetzt wird alles wieder gut.

XXV.

Ich stehe am Gartentor und warte auf Paul, der langsam, aber stetig die Straße heraufsteigt, der den Kopf hebt, lächelt, winkt. Wer kommt in meine Arme? Das haben wir immer mit Klein-Annie gespielt, du auf der einen, ich auf der anderen Seite, und sie lief jauchzend zwischen uns hin und her.

Da bist du endlich, Paul, Gott sei Dank. Komm schnell rein, schließ das Tor. Gerade noch geschafft. Wenn sie kommen, werden wir einfach nicht aufmachen.

Paul trägt mir nicht nach, daß ich ihn im Krankenhaus nicht besucht habe. Glaubst du wirklich, ich könnte dir ernsthaft böse sein, nach all den guten Jahren?

Ich umarme Paul, den Lieben. Da sitzt er wieder in seinem Sessel unter der Diephenbachie, ein wenig zusammengesunken zwar, sein Blick noch ein bißchen verloren, aber er läßt sich wenigstens wieder von meinem Blick einfangen. Hier bin ich, Paul, ich, Elli. Tut dir der Rücken weh? Hast du wieder Schmerzen in der Brust? Hier, nimm von den kleinen gelben Tabletten, wir haben reichlich, dann verschwinden die Schmerzen sofort.

Paul will essen, das ist gut. Ich finde Zwiebäcke. Er will trinken, und ich mache uns Tee. Siehst du, wie gut alles klappt? Unser kleines Mädchen spielt derweil draußen im Garten. Sie pflückt einen Blumenstrauß für Papa und trällert ein Lied dabei. Margeriten, Kalendula, Sonnenbraut – Vorsicht, laß den Eisenhut stehen, der ist giftig!

In der Sonne vor sich hin dösen, auf der Terrasse in eine

Decke gewickelt über dem Buch einschlafen ist das Schönste. In der Abenddämmerung, wenn das Licht aufglüht, bevor die herannahende Nacht es aus den Dingen saugt und den Garten in einen schwarzgrauen Stich verwandelt. Ich kann mich gar nicht satt sehen an den Farben, während Paul schon längst eingenickt ist. Er erholt sich gut, die Ruhe zu Hause bekommt ihm.
Ein bißchen schwierig ist es mit dem Essen. Ich brauche nicht mehr viel, aber Paul hat aus dem Krankenhaus ungewohnten Appetit mitgebracht. Im Vorratsschrank finde ich nur alte Zwiebäcke, Plätzchen, Tütensuppen, Trockenerbsen. Ich weiß nicht mehr recht, was ich daraus machen soll, es ist schon so lange her. Schau her, Paul, ich könnte dir Spaghetti mit Dosentomaten anbieten. Doch der Büchsenöffner ist spurlos verschwunden. Das kommt davon, wenn in einem Haushalt so viele verschiedene Leute herumwerken – nichts bleibt dann an seinem Platz.
Macht nichts, habe ich eben nur die Spaghetti gekocht. Paul hat davon gegessen. Beim Abgießen ist einiges danebengegangen, weil meine Hände zittern, aber das macht auch nichts. Frau Feigel wird den Boden zu gegebener Zeit aufwischen. Siehst du, Paul, wir kommen doch ganz gut zurecht.
Draußen wechseln Herbst und Winter, der Regen klatscht gegen die Jalousien, draußen wechseln Tag und Nacht. Uns ficht das nicht an, wir sitzen zusammen und erzählen uns Weißt-du-noch-Geschichten. Eben haben wieder zwei Männer geschellt, die vorgaben, Christoph und Carsten zu sein, aber ich bin nicht darauf hereingefallen, ich habe ihnen nicht geöffnet.
Paul hat ein schmales langes Gesicht bekommen im Krankenhaus. Du mußt tüchtig essen, Lieber! Nimm doch von den Butterkeksen. Es sind auch noch kalte Spaghetti da.
Spätherbst, November, und die Blumen stehen frierend draußen in ihren Kästen. Ich müßte die Mehrjährigen her-

einholen, aber ich kann mich nicht dazu entschließen, bin zur Zeit ein wenig schwach und schwindelig. Wenn Frau Feigel wiederkommt. Oder wir lassen sie diesen Winter einfach draußen. Es ist schön, wenn aus dem Schnee kleine Büschel hervorlugen, und selbst die braunen Strünke erfrorener Pflanzen sind besser als leere Blumenkästen.
Was haben sie bloß mit dir gemacht, Paul, daß du so verändert zurückgekommen bist? Du hast ein ganz fremdes Gesicht, nur deine Augen sind noch die alten. Aber laß nur, ich will es gar nicht wissen, ich will überhaupt nicht mehr an das Krankenhaus denken.
Geht da nicht das Telefon? Moment, Moment, ich laufe ja schon; man muß nur mal erst aus dem Liegen hochkommen. Ich werde Frau Feigel sagen, daß alles in Ordnung ist, und Sie brauchen auch nicht so oft anzurufen, Frau Feigel. Ja, Frau Feigel. Nein, Frau Feigel. Zwei Tage bevor meine Stieftochter heimkehrt, das reicht völlig. Wenn Sie nur so nett sind, auf das Datum zu achten, Sie wissen, daß ich vergeßlicher werde. Etepetete, ja, haha. Meinem Mann geht es gut, er läßt grüßen. Wir kommen gut zurecht, wirklich.
Danke, Frau Feigel. Ich melde mich, wenn nötig.
Ines muß ihr ganz schön eingeheizt haben, daß sie dauernd anruft. Ich finde das allmählich ein bißchen lästig. Hauptsache, sie kommt nicht her. Hauptsache, sie lassen uns allein, jetzt, wo endlich wieder ein bißchen Ruhe eingetreten ist.
Wovon sprachen wir? Die Balkonblumen. Mußt du denn schon wieder aufs Klo, Paul? Halt dich mit beiden Händen an meinen Schultern fest; dann wird es schon klappen. Mach dir nichts draus, Lieber, bei mir geht manchmal auch was daneben. Laß uns von andren Dingen reden.
Was ist denn jetzt schon wieder? Möchtest du dich anders herum legen? Schon wieder die Rückenschmerzen? Wo hast du die kleinen gelben Tabletten gelassen?
Eigentlich sind sie eher rot, sehen wie kleine Hagebutten

aus. Es müßte jetzt bald die Zeit der Hagebuttenernte sein. Hagebuttenmarmelade. Weißt du noch, wie wir halbe Nächte zusammengesessen haben, um aus jeder einzelnen Frucht das Juckpulver mit dem Messer herauszukratzen? Wenn man ein Kilo Hagebutten durchs Sieb preßte, kamen unten nur drei Eßlöffel Tomatenketchup heraus.
O Paul, wenn du auf dem Rücken liegst, sehe ich erst, wie eingefallen deine Wangen sind, deine magere Nase gleich doppelt so lang, und was sind das für tiefe Schatten unter deinen Augen! Schlaf doch ruhig, wenn du müde bist. Ich bin neuerdings auch immer müde, das muß das Wetter sein, das hängt mit der Jahreszeit zusammen.
Obwohl, gerade jetzt bin ich eher aufgekratzt. Ich bin ganz aufgedreht, weil du wieder bei mir zu Hause bist. Mein Brustkorb ist zum Platzen gespannt, und mein Herz springt gegen die Rippen wie ein kleiner Vogel. Schlaf ruhig ein bißchen, Paul, ich sitze hier neben dir und träume vor mich hin. Wenn ich rücklings auf dem Bett liege, kann ich vor dem Fenster die Tannen draußen im Garten sehen, wie sie sich gemächlich im Wind wiegen. Nun muß ich doch wohl eingeschlafen sein, denn wieder sind wir auf der Flucht, schon wieder das Umherirren auf den überfüllten Bahnsteigen, die Atemnot in den wie Sardinenbüchsen vollgestopften Zügen. Ich ringe keuchend nach Luft, und wir frieren und schwitzen abwechselnd. Der Hunger nagt, aber schlimmer noch ist diese knochentiefe Müdigkeit. Wenn wir nur endlich irgendwo ankämen, wo man uns in Ruhe ließe, wo wir bleiben könnten, um hundert Jahre zu schlafen. Statt dessen stolpern wir weiter voran, Schotterwege, Schutthalden, Stoppelfelder, beladen mit Koffern und Säcken. Wieso haben wir so viel Gepäck, obwohl wir alles zurückließen? Und wo ist das Kind, das am schwersten wog? Wir müssen es irgendwo unterwegs verloren haben, laß uns suchen, Paul, bevor es zu spät ist.

Aber das ist doch nur ein Traum, Elli.
Ich rücke ganz dicht an meinen schlafenden Paul, der neben mir beruhigend grunzt. Nur ein Traum. Wir sind zu Hause, in Sicherheit, Paul liegt neben dir und atmet. Er keucht vor Anstrengung und wälzt sich im Schlaf. Ich strecke meine Hand aus und berühre seinen mageren Hüftknochen.
Wir haben das Gartentor verschlossen und die Türen verriegelt; wir haben die Fenster verdunkelt, damit niemand ahnt, wo wir versteckt sind. Das mag schäbig von uns sein, während draußen Tausende und abertausende von Flüchtlingen ziehen, denen es viel schlechter geht als uns, aber es werden immer mehr, und niemand weiß, wieviel Zeit uns noch bleibt. Wenn wir ihnen die Tür öffnen, brechen sie herein und schwemmen uns fort, und wir gehen alle zusammen zugrunde. So bleibt wenigstens ein kleiner Aufschub.
Es stimmt, daß die Luft in dieser Wohnung etwas verbraucht ist. Ich will versuchen, die Jalousien wenigstens ein Stück hochzustemmen, damit Paul freier atmen kann. Draußen wühlt der Sturmwind in den dunklen Bäumen; die Pappeln liegen im Wind geneigt, ihre unzählbaren mageren Arme in den silbergrauen Himmel gereckt. Große schwarze Krähen balgen sich in den Tannen, die unseren Garten nach Westen hin säumen, wo vor noch nicht langer Zeit die Sonne untergegangen ist. Ich höre die Katzen schreien, während die Schatten der Tannen langsam auf das Haus zukriechen, ein langgezogenes Klagen wie das Weinen im Schlaf aufgeschreckter Kinder, das dann übergangslos in Fauchen und Zischen, in Kampfgeräusche übergeht.
Paul wird Hunger haben, wenn er aufwacht, und es gibt nur noch Knäckebrot und Fischkonserven – falls ich die Dosen aufbekomme.
Wach auf, Paul, wir wollen von früher reden!
Die Fenster aufstoßen, damit die frische Luft hereinströmen kann. Die Bäume wiegen sich leise im Wind. Mutter kommt

zu Besuch. Sprich du mit ihr, Paul, sag du ihr, daß es nicht meine Schuld war. Mutter bringt Lisa mit. Annie spielt im Garten, der leise Singsang ihrer Stimme, wenn sie sich selbst Geschichten erzählt. Seid bitte nicht leichtsinnig, Kinder. Jörg und Mark klettern über die Gartenmauer. Ist es nicht längst Zeit für euch, ins Bett zu gehen?
Hat es da nicht geschellt? Wir machen die Tür nicht auf. Ich glaube, Frau Frickerhaus ist nur neidisch auf mich. Ihren eigenen Mann hat sie schon vor Jahren aus dem Haus gegrault.
Was ist, Paul? Was bist du so unrastig? Hunger? Schmerzen? Er schüttelt den Kopf. Mußt du wieder aufs Klo? Das werden wir gleich haben. Erst einmal die Beine über den Bettrand schwingen, so. Dann abstützen, mit beiden Händen. Kräftiger! Du bist doch noch immer hochgekommen! Macht auch nichts, das kriegen wir schon hin. Hier, halt dich an meiner Hand fest, ich fasse mit der anderen den Türgriff und ziehe. Los! Oh! Oh, Paul!
Du hast dir doch hoffentlich nicht weh getan? Sag nein! Dein Kopf gegen die Bettkante, das war ein schlimmes Geräusch. Aber du hast einen guten Dickschädel, nicht? Wir haben uns nur beide so erschreckt. Mach mal kurz die Augen auf und lächle. Es tut nicht weh, stimmt's?
Von da unten bekomme ich dich nicht hoch, jedenfalls nicht, wenn du nicht mithilfst. Wie kann jemand, der so mager ist, bloß so schwer sein, das ist doch lachhaft. Du könntest wenigstens ein bißchen mittun und dich nicht hängen lassen wie ein nasser Sack. Ich ziehe und zerre, aber schließlich will ich dir nicht den Arm ausreißen. Nicht stöhnen, Liebling!
Dann bleiben wir eben einfach auf dem Fußboden liegen, bis du wieder zu Kräften gekommen bist. So hart ist das gar nicht, da haben wir den weichen Teppich, und hier ist ein Kissen, komm, ich schiebe es dir unter. Mir ist selbst ganz

schwindlig geworden von der Anstrengung. Ich ziehe nur noch die Decke über uns und rutsche daneben. Im Grunde ist es auch egal, ob man auf dem Bett liegt oder davor. Frau Feigel kann ich immer noch benachrichtigen.
Du sagst gar nichts, Paul.
Er hat aufgehört zu stöhnen. Er schläft wohl schon wieder.

Irina Liebmann
In Berlin

Roman

Gebunden

In einer hochmodernen Erzählform und Sprache gelingt es Irina Liebmann, das Innere eines Lebens und das Äußere der Stadt Berlin zugleich zu erzählen. Aber auch die Geschichte des zerschnittenen Landes und seine Gegenwart. Wenn man die Lektüre beendet hat, ist es, als wachte man aus einem Traum auf, in dem die Dinge plötzlich genauer und schärfer zu sehen waren als im Wachzustand, eine Analyse der Gegenwart mit den Mitteln der Poesie – ein literarische Ereignis. Man kommt nicht umhin, in der Ferne an Alfred Döblins »Berlin Alexanderplatz« zu denken, mit dem *In Berlin* eine unausgesprochene Zwiesprache hält.

Kiepenheuer & Witsch

ANCHEE MIN
ROTE AZALEE

Ein Frauenleben in China

Titel der Originalausgabe: *Red Azalea*
Aus dem Englischen von Werner Peterich
Gebunden

Rote Azalee ist der berührende Lebensbericht einer jungen Chinesin über den Alptraum ihrer Jugend in den Wirren der Kulturrevolution, den sie erst überwand, als sie 1984 in die USA emigrierte.

»Anchee Min berichtet mit unnachgiebiger Genauigkeit über Augenblicke eines aus den Fugen geratenen Lebens, darüber, wie sie sich nach der Liebe sehnt und zugleich diejenigen betrügt, die sie lieben. Ohne jemals didaktisch zu werden, zeigt sie uns, wie leicht man in der Unmenschlichkeit versinkt, aber auch, wie schwer es ist, die Menschlichkeit auszulöschen ... Ich weiß nicht, wo ich beginnen und wo ich enden soll, *Rote Azalee* zu preisen.«
Amy Tan, Autorin von (»Die Frau des Feuergottes« und »Töchter des Himmels«)